U0147576

教育·心理研究与探索丛书

丛书主编●赵国祥　刘志军

解密学业负担

学习过程中的认知负荷研究

赵俊峰◎著

科学出版社

北京

图书在版编目 (CIP) 数据

解密学业负担：学习过程中的认知负荷研究/赵俊峰著 . —北京：科学
出版社，2011.6

（教育·心理研究与探索丛书）

ISBN 978-7-03-031162-7

Ⅰ. ①解…　Ⅱ. ①赵…　Ⅲ. ①中学生－认识－研究　Ⅳ. ①G632

中国版本图书馆 CIP 数据核字（2011）第 098521 号

责任编辑：付　艳　黄承佳 / 责任校对：张小霞
责任印制：赵德静 / 封面设计：无极书装
编辑部电话：010-64035853
E-mail：houjunlin@mail. sciencep. com

科 学 出 版 社 出版
北京东黄城根北街 16 号
邮政编码：100717
http://www.sciencep.com

新 蕾 印 刷 厂 印刷
科学出版社发行　各地新华书店经销

*

2011 年 6 月第　一　版　开本：B5（720×1000）
2011 年 6 月第一次印刷　印张：11 1/4
印数：1—2 500　　　字数：197 000

定价：36. 00 元
（如有印装质量问题，我社负责调换）

"教育·心理研究与探索"丛书
编委会

丛书序

PREAMBLE

关于心理学的出身，学界公认的观点是：哲学是其母体，自然科学研究方法是其催生的力量。由于出身的这种特殊性，心理学诞生后百余年来，一直在"亦文亦理"的道路上摇摆前行。其间，心理学与教育又结下了不解之缘，形成了教育心理学、学校心理学等以教育问题为直接研究对象的分支学科和领域，还有发展心理学、心理测量学、社会心理学等为实施教育提供依据和指导的学科，当然还有最新的认知神经科学，其成果和研究进展都会直接触动教育改革与发展，更新教育观念。可以说，心理学中的若干分支学科的发展与研究成果为教育问题的科学解决起到了不可替代的作用。在教育问题"心理学化"的同时，教育学的发展也在拉动心理学的成长。教育不仅是心理学展示价值的重要领域，也是心理学研究的问题源。在一定意义上，教育学的问题直接影响到心理学若干领域研究的方向、研究的内容以及研究成果的价值。总而言之，教育与心理应该是密不可分的"好朋友"，应该携手而行。河南大学教育科学学院策划出版"教育·心理研究与探索"丛书，集中展示近年来该院在全国著名高校获得博士学位的教育学、心理学年轻教师的科研成果，不仅反映出该院教师队伍建设成效颇显，同时再次表明教育与心理相辅相成的密切关系。

该丛书冠以"研究与探索"，直接反映了该丛书的基本特点。即丛书内容是作者深入思考、严密论证、实验求解的结果。每本书不仅是一个领域或一个专题的系统解读，同时还蕴寓有对该领域或该专题的展望。在这个意义上，该丛书的成果有一定创新性。

既然称之为丛书，各册之间应有逻辑关联，应构成一个相对完整的知识体系。这套书仅从题目看，似乎有点散，但实际上还是有一条主线的，只不过是条"暗线"，即主要还是围绕人的发展而展开的。

第一是学生成长的环境——学校，即《反思与前瞻：学校发展变革研究》，向读者展示了学校作为一种社会组织的形成与发展历程，以及当前面临的挑战和走向。第二是学生成长中的重要他人——教师，即《反对的力量：新课程实施中的教师阻抗》，教师作为课程改革实施主体，直接决定着新课程改革的实效，进而影响着学生发展。作者分析、研究了教师在"课改"中的阻抗情况。对深入推进"课改"有直接指导意义。第三是技术，即《现实、历史、逻辑与方法：教育技术研究范式初探》，作者探讨了教育现代化中的关键环节"教育技术"，从学派差异与学科差异两个角度对教育技术学研究范式进行了阐释，为科学理解和运用教育技术、研究教育技术提供了参考。第四是学生，涉及教育中最基本的问题，即《教育学视阈中的人：基于马克思主义人学的思考》关于"人"的看法，直接决定着教师素质中最为关键的成分即"学生观"。该书以马克思主义人学为指导对该问题进行了深入、系统探讨，对提高广大教育工作者的理论水平有重要帮助。同时，关于学生的发展还包括两个最常见、也是一直以来人们比较关注的问题，即《解密学业负担：学习过程中的认知负荷研究》和《中学生的写作认知能力及培养》，这两本书的作者都是从心理学，更确切地说是从认知及认知发展角度入手，吸纳先进"认知加工理论"和"思维理论"，对研究的主题进行了实证研究，从"过程"揭示了问题实质所在。最后，该丛书还有两本探讨公众生活中最为常见的社会心理现象，即《解读述情障碍：情绪信息加工的视角》和《理解·沟通·控制：

公众的风险认知》，对科学认识心理现象与心理问题是有意义的。

我们常说：开卷有益。在今天全球化、信息化的时代，知识经济日益凸显其主导地位，构建学习型社会、学习型组织正为世界各国所重视。"开卷"读书不仅是必需、必要的，开系列之卷，更为重要。

北京师范大学发展心理研究所所长

申继亮

2010年6月于北师大

目 录

contents

丛书序（申继亮）\ i

引言 \ 1

第一章 认知负荷概述 \ 5
第一节 认知负荷理论及其发展 \ 5
第二节 认知负荷研究的理论基础 \ 11
第三节 认知负荷的相关研究 \ 15

第二章 认知负荷研究的教育价值 \ 24
第一节 认知负荷研究的教育意义 \ 25
第二节 认知负荷的教学意义 \ 32
第三节 认知负荷的学习意义 \ 38

第三章 认知负荷的理论建构 \ 43
第一节 认知负荷的构成 \ 44
第二节 认知负荷的特点 \ 50
第三节 认知负荷的影响因素 \ 52
第四节 认知负荷与学业负担 \ 58

第四章　认知负荷的测量学研究 \ 62

　　第一节　认知负荷的访谈调查研究 \ 64

　　第二节　学生心理努力调查表的编制 \ 72

　　第三节　学生认知负荷影响因素调查表的编制 \ 78

　　第四节　学生认知负荷自评问卷的编制 \ 86

第五章　学习过程中认知负荷的现状 \ 88

　　第一节　认知负荷现状研究的实证路线 \ 88

　　第二节　学生认知负荷的总体特点 \ 92

　　第三节　学生认知负荷的差异 \ 96

　　第四节　学生认知负荷诊断标准的确定与现状考察 \ 100

第六章　影响认知负荷的因素及其作用 \ 104

　　第一节　认知负荷影响因素研究的实证路线 \ 105

　　第二节　认知负荷各个影响因素对情绪投入的影响 \ 107

　　第三节　认知负荷各个影响因素对心理投入的影响 \ 109

　　第四节　认知负荷各个影响因素对时间投入的影响 \ 110

第七章　学生学习过程中认知负荷的理论辨析 \ 112

　　第一节　学生心理努力调查表的维度及其信度、
　　　　　　效度分析 \ 112

　　第二节　认知负荷影响因素调查表的维度及其信度、
　　　　　　效度分析 \ 115

　　第三节　认知负荷的水平与差异分析 \ 119

第八章　认知负荷的教育对策 \ 124

　　第一节　认知负荷的教学设计 \ 124

　　第二节　认知负荷的学习设计 \ 136

　　第三节　认知负荷与教学改革 \ 140

　　第四节　认知负荷与教材改革 \ 144

参考文献 \ 151

附录 1 **访谈（学生）提纲** \ 161
附录 2 **访谈（教师）提纲** \ 162
附录 3 **学习情况调查问卷** \ 163

后记 \ 166

引 言

在我国，基础教育阶段学生的学业负担过重是有目共睹的事实，中小学生在学习过程中要承担大量的认知加工任务，有大量的材料需要阅读理解，有大量的练习需要动手和动脑操作，有大量的内容需要背诵记忆，有大量的复杂内容需要多重思维与推理。学生的学业负担重，表现在："超标"（或超纲），即超出课程标准（教学大纲）的基本要求，表现出"难"；"超时"，即延长学生学习的时间，加课、补课，不按时放学，双休日照常上课等，表现出"长"；"超量"，即超过政府教育部门对基础教育的有关限量，课程多、资料多、作业多、考试多，表现出"多"。刘正（1997）的调查资料显示，一名高二学生手里拥有的教材和基础训练用书是 56.5 本（其中有一本是与高一共用的），共计 560 万字。其中语文、数学、英语、政治、历史、地理、化学、物理、生物、音乐、美术、体育和劳动技能等 13 门必修课的通用教材有 19 本，约 243 万字；会考指南和各门由大量练习题组成的基础训练书有 27.5 本，约 208 万字；另有选修教材 10 本，约 110 万字。以上数字还不包括普法、国防、环保和人口教育的补充教材。我国学生在校天数是世界上最多的，长达 251 天，以此算来，学生每天要阅读 22 000 字。而学习不是看小说，学生在识记的基础上，还要理解、练习、巩固、吸收和掌握。由此看来，学生的学业负担是多么沉重！学生学业负担过重已成为中国社会的一大焦点问题，"减负"（减轻学生学习负担）成为当务之急。事实上，教育部门长期以来一直非常重视减负问题，早在 1988 年 5 月，当时的国家教委就颁布了《关于减轻小学生课业负担过重问题的若干规定》，1993 年国家教委又发出了《关于减轻义务教育阶段学生过重课业负担、全面提高教育质量的指示》，2000 年教育部发出了《关于在小学减轻学生过重负担的通知》。教育行政部门三令五申要求减轻学生学业负担，社会对减负的呼声也很高，但时至今日，减负的成效依然不大，这几年学生的学业负担甚至还有加重的趋势。我们对中学生的学业负担重视程度不够，实际上，中学生的学习负担是最重的，加上中招考试与高招考试的压力，更是重上加重。但不论是在理论研究还是教育实践中，都并没有真正找到学业负担过重的根源，减负也是呼声高、效果差。所以，减负成为缠绕我国社会和教育界的国家级难题（张桂春，2000）。

学业负担过重不仅干扰学生学习的效率，而且影响学生的身心健康水平。杨雄（1996）通过大量的调查得出结论，学业负担过重会给中学生的身体健康发育带来不利影响，使之表现出体质差、易疲劳的问题，上海市 13～15 岁男女学生近视眼率为 60％，16～18 岁男女学生近视眼率达 75％左右，这与学习负担过重用眼过度有关；学习负担过重会导致青少年学生心理疾病发病率上升，约有 32％的中小学生有不同程度的心理异常，中小学生主要的心理障碍表现为神经症状（忧郁、强迫、焦虑、思维障碍）的占 42.86%，表现为行为症状（违纪、攻击、残忍）的占 22.16%，表现为社交症状（交友不良、社会退缩、不受欢迎）的占 15.93%；学业负担过重还是对青少年学生的一种"精神虐待"。

减负问题受到了社会各界的广泛关注，学者们也对此进行了大量研究，但这些研究大多是从社会学、教育学、管理学等角度来探讨的，大多仅仅分析了学业负担过重的原因，探索了教育实践领域的相应对策，只进行了质性探讨而缺乏实证分析，并没全面揭示学习负担的内在本质和现状。Sweller（1988）的认知负荷理论为我们探讨学习负担的内在本质提供了新的视角。

澳大利亚心理学家 Sweller（1988）提出了认知负荷理论，20 世纪90 年代以来该理论受到了国内外学者的广泛重视，得到了大力发展，并逐渐成为认知加工领域研究的热点问题，也成为现代教学设计的主要框架理论。认知负荷理论以认知资源理论、工作记忆理论和图式理论为基础，主要从资源分配的角度来考察学习，特别是复杂任务的学习。认知资源理论认为：人的认知资源是有限的，若同时从事几种活动，则存在资源分配的问题，资源分配遵循"此多彼少、总量不变"的原则。学习过程中的各种认知活动均需消耗认知资源，若所有活动所需要的认知资源总量超过了个体所具有的认知资源总量，则存在认知资源分配不足的问题，会出现超负荷现象，从而影响学习效率和质量。认知负荷包括外在认知负荷、内在认知负荷和关联认知负荷。内在认知负荷与学习材料的性质相关联，在信息要素高度交互作用以及学习者还没有效掌握合适图式时，会产生高度的内在认知负荷。内在认知负荷是由所学材料本身的复杂程度所决定的。外在认知负荷是由信息呈现的方式和学习者需要的学习活动所引起的。关联认知负荷是学习过程中由于图式的构建和自动化引起的。外在和内在认知负荷不利于学习，而关联认知负荷则有利于学习。

学生的主导性活动是学习，学习活动主要包括知识的学习、品德的学习和技能的学习。在学生学习过程中不论是在内容分量还是所占比例以及所需时间上，最多、最常见、最重要的都是知识学习。从这个层面上看，可以说学习的心理实质就是认知加工。认知加工就要占用主体的认知资源，就会形成认知负荷，认知负荷就是学习负担。所以说，学业负担的内在本质是学生在学习过程中进行认知加工所形成的认知负荷，学业负担重实质上就是认知负荷重。

学业负担的认知负荷观认为，学业负担是学生学习过程中进行认知加工时所投入的心理资源总量，也是学生在学习过程中所承载的认知加工任务的分量。根据认知负荷理论，认知负荷并非都是不利于学习的，管理认知负荷的关键是优化问题。合理化内在认知负荷，尽量减少外在认知负荷，努力扩大关联认知负荷，这样才有利于学习。针对学习负担，从认知负荷理论的角度去探讨，真正理解学业负担的内在本质，探索学业负担的外在类型和内在维度，分析不同认知负荷的影响因素，为真正落实减轻学生学业负担找到理论依据，并为教育实践提供重要的参考价值，这样，减负才不会流于形式，才不至于停留在"口号"上。真正实现减负，要减到位，减掉那些真正干扰学习的负担，提高学生的学习效率，实现健康高效学习。

从认知负荷理论来看学生的学业负担有助于揭示学业负担的实质，找到"减负"的着眼点。所以，应该加强对学生学习过程中认知负荷的研究，了解学生学习过程中认知负荷的构成，分析影响学生认知负荷的因素，确立测评认知负荷的指标，确定诊断认知负荷状况的标准，这对于全面认识学业负担、切实有效地解决"减负"问题有着重要的现实意义。

第一章 认知负荷概述

第一节 认知负荷理论及其发展

一、认知负荷理论的产生与发展

认知负荷理论（cognitive load theory，CLT）起源于 20 世纪 80 年代，20 世纪 90 年代得到了大力发展，成为认知加工与教学设计的主要框架理论。最早提出认知负荷理论的是澳大利亚的 Sweller（1988），他是位于悉尼的新南威尔士大学教育学院的心理学家。Sweller（1988，1994）于 1988 年首先提出了认知负荷理论。认知负荷理论以工作记忆理论、认知资源理论、注意理论和建构主义理论为基础，认为在认知加工过程中要投入一定的心理努力，承载一定的负荷、占用一定的认知资源，认知是要负载运行的。认知负荷理论假定，一个认知结构是由特定的工作记忆组成的，这种工作记忆在处理新信息时的容量是有限的，并且包括部分独立的子成分。认知负荷理论又假定，有限的工作记忆在处理熟悉材料时可以变得无限有效，这种熟悉材料事先储存在广大的长时记忆中，而这种长时记忆保存有不同自动化程度的许多图式。图式能对信息要素进行分类。熟练的操作可以通过不断增加的、更复杂图式的建构而得到发展，这种建构是通过把低水平图式组合成高水平的图式来完成的。图式自动化可以不知不觉地加工图式，并伴随产生工作记忆。图式建构与自动化都可以释放工作记忆容量。图式中的知识组织过程可以使学习者把信息要素的多重交互作用归结为一个单一的要素，也就是说，图式的建构与自动化可以把多重低水平的信息元素合并为更大单位的高级的单一信息要素，从而减少工作记忆的负担，释放认知容量。广泛练习之后，图式就能实现自动化，因而也就能使学习者进一步避开工作记忆容量的局限性。从教学设计角度看，教学设计应当促进图式的建构与自动化。

认知负荷理论是建立在有关学习的认知观点基础之上的，认知负荷理论中诸如长时记忆（long-term memory，LTM）、短时记忆（short-term memory，STM）、工作记忆（working memory，WM）以及图式建构等核心概念都可以追溯到学习的信息加工理论。但是，认知负荷理论的发展并未试图合并信息加工模型的其他特征。

认知负荷理论主要关注的是复杂认知任务的学习。在学习中，学习者在启动理解学习之前，常常被需要同时加工的大量信息以及这些信息的交互作用压得喘不过气来。为了获得复杂认知领域的理解学习，对这种高（超高）负荷进行教学控制已成为认知负荷理论的关注焦点。理论研究表明，在结合人类认知结构的情况下才能发生最好的学习。

Kirschner（2002）认为，人类构建的认知理论是认知负荷理论的基础，一个主要的假设是：人类的工作记忆有一个有限容量。当从事学习时，人们要对学习活动分配大多数认知资源，多数情况下恰恰是教学方式引起了超负荷。因而，基本的思想是：在实际学习中为了使容量更大且有益于使学习者取得更好的学习效果和迁移成绩，要减少这种外在负荷。

二、认知负荷的类型

学生学习过程中的认知负荷是一个总量，这个总量是由一系列不同的认知负荷成分组成的。Sweller 等（Sweller，1988，1994；Paas et al.，2003a，2004）提出认知负荷主要由外在认知负荷、内在认知负荷和关联认知负荷组成。

（一）内在认知负荷

内在认知负荷（intrinsic cognitive load，ICL）与学习材料的性质相关联，在信息要素高度交互作用以及学习者还没有有效掌握合适图式时，会产生高度的内在认知负荷。内在认知负荷是由所学材料本身的复杂程度决定的，所学材料的信息要素越多、交互作用越多，占用的内在认知负荷就越大；相反，简单的学习材料，信息要素少、要素之间的交互作用少，引发的学习者的内在认知负荷就小。

学习材料的信息要素以及各信息要素间的交互作用是学习材料所固有的，这是无法通过教学操纵改变的（Paas et al.，2003a），所以内在认知负荷是固有的、稳定的，只要学习材料一定，内在认知负荷就是一定的。

人类的工作记忆容量是很有限的，而所学习材料的信息要素以及要素间的交互作用通常情况下会远远超过这个容量的限制。那么如何进行学习呢？这就涉及人类无限的长时记忆。长时记忆中保存有大量的图式，这些图式在必要时可从长时记忆中被提取到工作记忆中，图式一方面可以把低水平的信息要素合并为更大单位的信息单位——组块，这就扩大了信息加工能力；另一方面，图式的构建与自动化可以使学习者不需要花费更多的意志努力就可进行信息加工，从而减少工作记忆的负荷，释放更多的认知负荷空间来提高学习效率。

(二) 外在认知负荷

外在认知负荷 (extraneous cognitive load，ECL) 是由信息呈现的方式和学习者需要的学习活动所引起的，它不会促进学习反而会减小学习的工作记忆容量。一般来说，教学活动中信息传递渠道不畅通、教学设计差、学习活动方式越复杂，所引起的外在认知负荷就越大。这种认知负荷又被称为无效的认知负荷 (ineffective cognitive load) (Paas et al.，2003a)。在学习中，学生还要分配一定的认知能力去加工所学信息的呈现方式、教与学活动的组织形式等。这些外在的认知负荷无助于学习，教与学活动组织得越差，外在认知负荷就越大，学习的效率就越低。传统教学中所产生的外在认知负荷非常大，所占用的认知资源很大，也就压缩了真正用于学习、促进学习的其他认知负荷。因为传统教学设计中很少考虑、也非常欠缺信息结构和认知结构的知识 (Paas et al.，2003a；Van Merriënboer et al.，2003；Gerjets and Scheiter，2003)。

外在认知负荷与现代教学设计密切相关。现代教学设计主要是从外在认知负荷着手，教学设计的优化就是要尽量减小因教学程序、组织形式、知识呈现方式以及呈现的媒体而产生的认知负荷，把学生有限的认知资源尽量多地用于学习过程，从而提高学习效率。

不同的教学设计、不同的学习材料呈现方式所产生的外在认知负荷不同，学习效果也会有很大差异。Brunken 等 (2003) 研究了多媒体学习中不同的信息呈现方式所产生的学习效果的差异情况。他们在实验中设计了三种条件：一是给学生呈现带有次级任务的单独任务学习材料；二是呈现附带视觉学习材料作为启动任务的双元学习任务；

三是呈现附带听觉学习材料作为启动任务的双元学习任务。结果显示，单独任务条件下被试的次级任务成绩好于双元任务条件的被试，说明启动任务也需要认知资源；在双元任务组中听觉启动任务组被试的成绩显著好于视觉启动任务组的被试，这里面有不同的感觉通道效应（modality effect）存在。这表明学习材料的不同呈现方式会产生不同的认知负荷水平。

（三）关联认知负荷

关联认知负荷（germane cognitive load，GCL）也是由信息呈现的方式和学习者需要的学习活动所引起的，但与外在认知负荷不同，关联认知负荷不但不会阻碍学习，反而会促进学习。关联认知负荷是由学习过程中图式的构建与自动化而引发的，它促进与激励个体把认知资源分配到学习活动上去，故这种认知负荷又叫有效的认知负荷（effective cognitive load）。

关联认知负荷的研究有两条主线：第一条主线是关于前后情景干扰（contextual interference）和自我解释（self-explanation）的研究。Van Merriënboer 等（2002）的研究表明，高前后情景干扰（如随机排列的练习程序）的被试比固定练习程序的被试提高了学习迁移水平，因为前者有高的关联认知负荷，而后者不仅容易形成心理定势而且关联认知负荷也较低，所以前者在高的关联认知负荷下学习效率也较高。第二条主线是关于有效样例的精加工和自我解释效应的研究。Renkl 和 Atkinson（2003）通过研究发现，在不完整样例学习中，通过训练要求被试说出解决问题的步骤和策略方法，可以提高被试的学习迁移成绩，这是因为被试加大了关联认知负荷。

（四）元认知负荷

Flavell 于 1987 年提出元认知概念后，在认知负荷理论领域一直没有受到重视，上述三种认知负荷是 Sweller 在 20 世纪 80 年代建立认知负荷理论时提出的，并没有元认知负荷，这种观点一直盛行到现在。

学习过程是认知过程，当然也存在着元认知。认知过程中监督活动很重要，这种监督活动可以影响信息加工的不同过程：监督或控制由感觉信息到工作记忆的选择与组织、图式从长时记忆到短时记忆的前后储存与提取、输出的组织监督等都属于元认知过程。学习者花费努力去建构和储存图式，同时他们也要花费努力对这种活动进行监督。元认知过程占用的认知资源就是元认知负荷（metacognitive load，ML），它是与对后继活动进行元认知监督相关的认知负荷。

Valcke（2002）首先提出了心理学中元认知负荷的概念。Van Merriënboer 等（2002）进行过一个实验，实验的讨论部分指出，控制组学习者在学习开始阶段充分利用自由加工能力（不断增加关联的认知负荷），这意味着控制组的实验情境包含对学习过程的监督，同时把元认知负荷作为了关联认知负荷的一部分，这样就会伴随较低的智力努力。

Stark 等（2002）研究指出，由于认知和元认知对学习者心理负荷的影响，他们把研究重点明确地放在了认知与元认知样例的精细加工方面。他们考虑到了元认知负荷，但他们并没有把它纳入到训练中。他们假定可以通过总的精细加工训练来提高元样例的精加工水平，试图用特别的教学策略来启动深度加工。事实上，他们早已区分了样例精加工的表面水平与深度水平，这是相关元认知负荷的显示器。一些学习者能够处理由于对加工过程进行元认知控制而产生的附加的心理负荷。在结论中他们认为"当学习者不得不处理复杂的、长远迁移的任务时，就会产生积极的元认知深度和认知样例的精细加工"。由此他们得出结论认为，"元认知精加工的提高与高智力努力有关"。

元认知负荷与关联认知负荷有着密切的联系，事实上，在 2002 年之前对关联认知负荷的不少研究都涉及元认知负荷。那么关联认知负荷与元认知负荷的区别在哪里呢？Valcke（2002）认为，学习者要努力去建构和储存各种图式，但也需要对建构和储存图式的活动进行监督，前者引发的是关联认知负荷，后者引发的是元认知负荷，因为对认知过程的监督也要花费心理努力，也会占用认知资源。这种监督可以影响信息加工的各个阶段，如监督或控制感觉信息到工作记忆的选择与组织、图式从长时记忆到短时记忆的前后储存与提取、输出的组织监督等。

但在西方的研究中把元认知负荷作为关联认知的一部分，没有单列出来，这也是元认知负荷研究没有受到应有重视的重要原因。

实际上，认知负荷的这四种成分是处于动态的变化之中的，认知负荷的总量一定，如果内在的认知负荷很大，那么用于图式构建与自动化的关联认知负荷以及用于监督的元认知负荷就会相应减小，这时如果外在的认知负荷再增大，就会不利于学习。如果内在认知负荷较小，外在认知负荷就显得不太重要，因为有足够的资源空间来承载关联认知负荷与元认知负荷。总的来说，在学习发生时内在的、外在的和关联的负荷总量不能超过可利用的认知资源。

第二节　认知负荷研究的理论基础

认知负荷的研究是在认知心理学成为主流心理学之后逐步受到重视的，在大的认知心理学范畴之下开展了大量的认知负荷研究。认知负荷理论与现代一些认知理论有着密不可分的联系，正是工作记忆理论、认知资源理论、认知过滤与衰减理论和建构主义理论为认知负荷理论奠定了理论基础。

一、工作记忆理论

1956 年 Miller（1956）在"神秘的 7 加减 2：我们加工信息能力的某些限制"的著名报告中，总结了用实物、无意义音节、数字、单词和字母等一系列材料所做的大量实验，结果表明：短时记忆的容量有一定的限制，范围为5～9个信息单位，即7加减2，平均数量为7。短时记忆的容量为7，其单位为组块（chunk）。

工作记忆（working memory）是在对短时记忆进行研究的基础上逐步发展起来的一个重要的研究领域，是一个允许同时储存和管理临时信息过程的有限容量系统（Baddeley，2003）。Baddeley 和 Hitch（1974）提出了一个多成分模型的工作记忆系统。Baddeley（1986，1992）提出工作记忆包含三个子系统：一是中央执行系统（central executive，CE）；二是负责视觉材料暂时存储和处理的语音环路（pho-nological loop，PL）；三是负责视觉材料暂时存储和处理的视觉空间模板（visuo-spatial sketchpad）或视觉空间工作记忆（visuo-spatial working memory，VSWM）。中央执行系统是工作记忆模型的核心成分，也是工作记忆中最为复杂的成分，它是一个注意控制系统，主要功能是协调和监督，负责策略的选择、控制和调节，并参与短时储存的各种加工过程；语音环路是一个包含各种语音形式信息的有限容量系统，负责操作和维持各种语言信息，包括各种语音储存和发音控制加工，主要功能是存储语音信息、言语复述和语音转换；视觉空间模板或视觉空间记忆也是一个容量有限的系统，主要负责存储视觉空间信息，产生、操作和保持视觉空间映象。

二、认知资源理论

认知资源理论（cognitive capacity theory）旨在解释人是如何协调不同的认知任务或认知活动的。不同的认知活动都需要占用认知资源，但不是平均分配的，需要合理分配认知资源或认知能力。认知资源是有限的，对刺激的加工需要占用认知资源，刺激或任务越复杂，占用的认知资源就越多，认知资源完全被占用时，新的刺激将得不到加工。

认知资源存在分配问题，认知系统中有一个受意识控制的机制来负责分配认知资源，可把较多的认知资源分配到对主体来说重要的任务或活动上，而把较少的认知资源分配给次要的任务或活动，这样就保证了当前重要活动的效率，对重要任务加工得更为深刻和清晰，而对次要任务就会加工得比较模糊。

三、过滤与衰减理论

过滤理论（filter theory）（Broadbent，1958）认为，外界信息进入时要经过三个关卡：一是过滤选择；二是有限通道；三是信息检测。感觉通道容量有限，信息要先经过一个过滤装置，一部分信息经过瓶颈接受进一步的加工，其他信息则被阻断在瓶外得不到加工而消失。Broadbent（1958）把这种过滤机制形象地比喻为一个狭长的瓶口，当往瓶内灌水时，一部分水通过瓶颈进入瓶内，而另一部分水由于瓶颈狭小通道容量有限而被阻挡在瓶外。这种理论又叫瓶颈理论或单通道理论。

衰减理论（attenuation theory）（Treisman，1964）是对过滤理论的修正与补充。Treisman（1964）主张，信息的过滤不是一种全或无的过程，而是伴随有不同程度的衰减与保留的过滤。信息经过过滤装置被阻隔并不会完全消失，只是在程度上减弱了。所谓没有被接受的信息只是没有达到被注意的程度，进入的信息只有达到一定的阈限才能被接受。不同刺激的激活阈限是不同的，对人有重要意义的信息，其激活阈限低，容易被激活。

这两种理论都主张人的信息加工系统的容量有限，都要对外来信息进行过滤或使用衰减装置来调节。对信息的调节发生在充分加工之前，只有在对众多信息进行选择后才能对有限的信息进行进一步的加工处理。

四、建构主义理论

建构主义思想（constructivism）的产生源于17世纪末意大利哲学家维柯（Vico），心理学中的建构主义则可追溯到皮亚杰（Piaget）。建构主义学习理论（教学理论）的真正兴起是在 20 世纪 80 年代后期。皮亚杰、维果斯基（Vygotsky）是公认的建构主义学习理论的先驱，布鲁纳（Bruner）、奥苏伯尔（Ausubel）进一步发展了建构主义学习理论。

建构主义学习理论强调学习是主动的加工过程，学习者不是被动的刺激接受者，而是主动的知识建构者。他要对信息进行主动的选择与加工，主动地建构信息的意义。建构主义学习理论尽管有很多派别，但基本的观点是：①学习是学习者主动地建构内部表征的过程，是学习者通过原有的认知结构与从环境中接受的信息相互作用来生成信息意义的过程；②学习的建构过程包含两个方面，即对新信息意义的建构和对原有经验的改造和重组；③学习者以自己的方式建构对事物的理解，所以不同的人看到的是事物的不同方面，每个人都以自己的方式去理解事物的某些方面，不存在唯一标准的理解。

建构主义心理学汲取并发展了皮亚杰的图式概念，图式（schema，在皮亚杰后期著作中用"scheme"一词）是指个体对世界的知觉、理解和思考方式。图式可被视作是心理活动的框架或组织结构。在皮亚杰看来，图式是认知结构的起点和核心，也是人类认识事物的基础。建构主义发展了图式理论，认为学习过程中图式的获得与自动化是学习的重要目标，它可以扩大认知能力，提高学习效率。

在建构主义思想影响下发展的教学模式如认知学徒、样例、支架等都是影响认知负荷的重要因素。Van Merriënboer 等（2003）通过实验研究表明，样例对初学者来说起着支架（scaffolding）的作用，可以促进学习。Kalyuga 等（2003）的进一步研究表明，这种样例的支架作用到了学习后期会发生逆转，对于有经验的学习者来说，样例反倒干扰了学习。

第三节　认知负荷的相关研究

一、认知负荷的测量研究

由于认知负荷的复杂性和内隐性，对认知负荷的测量一直是认知负荷研究中的难点问题，我们不能直接观察信息的加工过程，相应地也不能被直接观察到认知负荷。对研究者来说测量多维建构的认知负荷是很困难的，这一点连认知负荷测量界最权威的心理学家 Paas 等（2003b）都承认。但西方心理学家在研究中从多角度探索了认知负荷的测量，提出了不同的认知负荷测量技术手段。

（一）认知负荷测量的类型

Brunken 等（2003）在综述前人大量研究的基础上，认为认知负荷的测量可以从两个维度来划分：一是客观性，包括主观与客观；二是因果关系，包括直接与间接。这样就有四种认知负荷的测量类型，如表 1-1 所示。

表 1-1　认知负荷的经典测量方法

	因　果　性	
	间接的	直接的
主观的	自我报告心理努力的投入程度	自我报告紧张水平 自我报告材料难度
客观的	生理指标测量 行为指标测量 学习结果测验	大脑活动测量（如 fMRI） 双元任务成绩

1. 间接的主观测量方法

自我报告心理努力的投入程度（self-reported invested mental effort）最早是由 Paas 等于 1994 年提出并用于研究的，目前已成为研究认知负荷最常用的测量技术手段（Brunken et al.，2003）。这种方法要求被试自我报告在理解学习材料过程中所投入的心理努力总量。该方法运用广泛，在一定程度上能够评估被试投入心理努力的主观知觉，低程度的心理努力导致低的认知负荷。但该方法也有一定局限性，这种方法并没有解决"被试投入的心理努力是如何与认知负荷相联系的"这个问题。

2. 直接的主观测量方法

在研究中运用较多的是被试自我评定学习材料的难度，这直接与其所引发的认知负荷相联系。但学习材料的难度评定还受学习者个体的能力水平以及注意过程等因素的影响。

3. 间接的客观测量方法

调查认知负荷效应最常用的方法是成绩结果的测验分析，通过分析学习任务的成绩结果可以揭示认知负荷，尤其是在多媒体学习中，常用知识获得的分数来分析其认知负荷。这种方法之所以是客观的，是因为所测验的是成绩；之所以是间接的，是因为这些成绩结果取决于信息的储存和提取过程，而信息的储存和提取受认知负荷的影响。

对行为模式和生理指标、功能以及它们间相关的分析是测量学习过程中认知负荷的另一种技术手段。如学习者在学习任务上花费的时间总量也可代表其认知负荷的大小；生理指标如心率、瞳孔直径也是认知负荷的间接指标，譬如，高认知负荷会导致个体高度紧张，作为个体对学习材料的情绪反应就会发生心率的变化。

4. 直接的客观测量方法

科学技术的不断进步给认知负荷的直接有效测量带来了新的曙光。现代认知负荷的研究可以利用一些新的技术手段，特别是一些高科技仪器的使用显得愈来愈重要。一些脑成像技术（neuroimaging techniques）也用来研究和测量认知负荷，如正电子断层扫描（positron-emission tomography）、功能性核磁共振成像技术（function magnetic resonance imaging，fMRI）可用来测量学习中大脑的活动。这些新技术手段用来测量一些简单任务的学习，如字词记忆、句子理解、视觉旋转等，但对于复杂任务的学习，因为至今还没有弄清复杂学习的过程以及记忆负荷与前额皮层区活动的关系等问题，所以在研究中这些新技术手段的应用也受到了限制。

另一种直接的客观测量方法是双元任务范型，这是借助实验心理学的方法来检验认知负荷的，主要是检测次级任务的反应时和成绩。尤其是在多媒体学习中，这种方法的运用很普遍。

（二）认知负荷测量的具体技术

Paas 等（2003）在认知负荷的建构中区分了认知负荷的不同状态，主要有瞬间负荷、负荷峰值、累积负荷、平均负荷和总体负荷，如图1-1 所示。瞬间负荷（instantaneous load）代表了认知负荷的动态变化，随个体加工任务的不同瞬间而波动；负荷峰值（peak load）是个体加工任务时瞬间负荷的最大值，在曲线上表现为山峰最高点；累积负荷（accumulated load）是学习者历经任务完成的负荷总量，在计算上，累积负荷是各个阶段瞬间负荷的总体；平均负荷（average load）

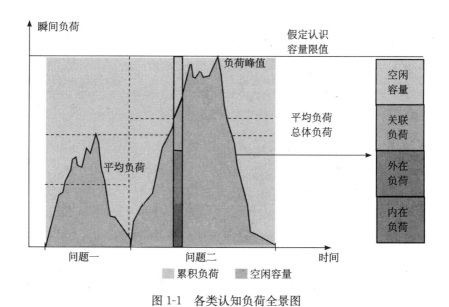

图 1-1　各类认知负荷全景图

资料来源：Paas et al.，2003

是个体在一个任务完成时各时期负荷的平均强度，是所有瞬间负荷的平均值，也等于累积负荷在各时间单元的平均分配；总体负荷是个体在学习全过程中所经历的负荷总量，是瞬间负荷的全景图，也是学习者脑中的累积负荷和平均负荷的全景图。

在认知负荷测量的研究与实践中，可以通过心理负荷（mental load）、心理努力（mental effort）和绩效（performance）三个指标来评估认知负荷（Paas and Van Merriënboer，1994）。认知负荷测量中，可以利用一些技术来评估心理负荷（心理努力）和收集被试的数据资料，如专家意见、数学模型和任务分析的数据等，作为分析的手段和方法。一些实证研究的方法也常常被用来测评认知负荷，如直接评估心理努力的程度和绩效情况、运用评定量表收集被试的认知负荷数据、使用启动任务和次级任务技术获得被试的绩效指标、使用生理心理学技术获得被试的生理心理学指标。

自我评定量表是 Paas 于 1994 年首先编制并加以使用的，在随后的大量研究中，研究者运用自我评定量表来评估认知负荷。自我评定量表要求被试自我评估自己心理努力的情况，该量表是基于被试能够回顾反思自己的认知加工过程，并能报告自己的心理努力程度的。自我评定量表有 7 级评定和 9 级评定之分，2002 年之前大多运用 7 级评定，近年来大多运用 9 级评定（表 1-2）。认知负荷测量中生理学技术的理论前提是，认为认知功能的变化是通过一系列生理指标来反映的，通过心脏活动（如心率）、大脑活动（如诱发电位）、眼活动（如瞳孔直径、眨眼频率）也可反映出认知负荷。生理心理学指标可以更好地反映认知负荷的详细趋势与模型（如瞬间负荷、峰值、平均负荷、累积负荷）。

基于任务和绩效的测量技术主要有两类：一是启动任务的绩效；二是次级任务的学习绩效，绩效指标包括反应时、精确性和错误率。

Paas 等（2003）就近年来影响大的认知负荷研究中所使用的测量技术手段做过一项统计分析，如表 1-2 所示。在认知负荷测量中，还可

表 1-2　认知负荷测量的技术手段

研究者	测量技术	心理效能
Sweller（1988）	PS，ST	
Paas（1992）	RS9	
Paas 和 Van Merriënboer（1993）	RS9	ME
Paas 和 Van Merriënboer（1994b）	RS9，HRV	ME
Cerpa 等（1996）	RS9	ME
Chandler 和 Sweller（1996）	ST	
Marcus 等（1996）	RS7，ST	ME
Tindall-Ford 等（1997）	RS7	ME
Yeung 等（1997）	RS9	ME
De Crook 等（1998）	RS9	
Kalyuga 等（1998）	RS7	ME
Kalyuga 等（1999）	RS7	ME
Tuovinen 和 Sweller（1999）	RS9	ME
Yeung（1999）	RS9	ME
Kalyufa 等（2000）	RS7	ME
Kalyufa 等（2001）	RS7	ME
Kalyufa 等（2001）	RS9	ME
Mayer 和 Chandler（2001）	RS7	
Pollock 等（2002）	RS7	ME
Stark 等（2002）	RS9	
Tabbers 等（2002）	RS9	
Van Gerven 等（2002）	RS9	ME
Van Gerven 等（2002a）	RS9	ME
Van Gerven 等（2002b）	PR	
Van Gerven 等（2002c）	RS9，ST	ME
Van Merriënboer 等（2002）	RS9	ME

注：PS＝产生式系统；ST＝次级任务；RS＝评定量表（7 为七点，9 为九点）；ME＝心理效能；HRV＝心率变量；PR＝瞳孔反应
资料来源：Paas（2003）

运用心理效能（mental efficiency）、主观时间估计（subjective time estimation）来分析认知负荷的高低。总的来看，对认知负荷的测评不能靠单一方法、单一指标，而要运用多维指标、多重方法来综合评估认知负荷的实际状况。

二、学习中的认知负荷效应

大量的研究证实了认知负荷会对学习产生不同的影响效果。样例学习是学生常用的一种学习形式，认知负荷在样例学习中会产生不同的变化，由此导致不同的学习效应。

(一) 样例学习效应

样例学习同样需要一定的认知资源。在探索性学习、发现学习和问题解决中，教学指导很少或者没有教学指导存在，这时，学习者往往运用手段—目的分析方法（means-ends analysis）来减少不熟悉问题的目前状态与目标状态间的差异，这时就会利用样例。大量的研究证明，精心设计的有效样例比传统的问题解决技术的教学效果要好得多（Kalyuga et al.，2003），这就是样例学习效应（the worked example effect）。

Sweller（1998）的研究揭示出，样例在学习初期内在负荷高时可减少外在负荷，促进学习，这时样例作为支架（scaffolding）对学习者起着支持作用。Kalyuga 等（2001）曾针对探索性学习环境研究比较了一系列有效样例的学习效果，他们让被试自己探索一系列不同任务难度的相同学习材料。任务难度有两个水平：一是问题空间非常有限的简单任务，这就导致较少的探索可能性；二是问题空间相对较大的复杂任务，这导致较多的探索机会。参加第一种水平的被试称作探索组，第二种水平的被试称作样例组，样例组的被试在学习初期（新手）进行有效样例学习。实验结果表明，样例组被试的成绩显著好于探索组被试的成绩，同时，样例组被试的心理努力自我评定水平低于探索组被试。这证明样例学习在学习初期降低了认知负荷水平，对学习起着促进作用。

(二) 熟练逆转效应

样例学习在学习初期对学习者起着支架作用，促进学习，随着学习的进一步深入，初学者的经验不断积累，逐步向专家水平过渡，学习的先行知识和领域知识不断增多，样例在学习中的优势消失了，这时样例反而会起到阻碍作用，原先的积极促进作用发生逆转，变成了消极干扰作用，这就是熟练逆转效应（expertise reversal effect）。Kalyuga 等（2003）的研究表明，样例所起的解释与指导功能对初学者会起到促进作用，而到后期，对熟练有经验的学习者来说，这种效应会发生逆转，反而降低学习效果。在上述 Kalyuga 等（2001）的研究中，随着被试领域经验的不断积累，探索组被试的成绩比样例组被试的成绩提高得更快，显示了典型的熟练逆转效应。Yeung 等（1998）的研究表明，对于熟练学习者来说，样例成了多余的材料，而学习者在工作记忆中加工这些样例学习材料同样会引发认知负荷，所以对于有经验的学习者来说，取消多余的样例材料是非常必要的。

（三）冗余效应

如前所述，在学习后期，随着学习者先行知识和领域经验的积累，样例就成了多余的累赘。这时，学习者不需要样例的支架作用，如仍有样例存在，学习者还需要多分出注意力来把样例提取到工作记忆中，而对样例的加工提取同样需要心理努力和占用有限的认知资源，这时反而会干扰学习，这就是冗余效应（the redundancy effect）。Kalyuga 等（2003）研究认为，样例信息对于新手学习者（novice learner）来说是必要的，但对于拥有较多特定领域知识（domain-specific knowledge）的专家型学习者（expert learner）来说是多余的，加工这些多余的样例信息也需要认知资源，不仅会引发额外的认知负荷，还会干扰新图式的建构与强化，直接干扰学习，表现出典型的冗余效应。对于有经验的学习者来说，样例构成了多余的信息，多余信息的加工不仅会占用有限的认知资源，还会干扰学习者的图式建构，所以对于有经验的学习者来说，应该抛弃多余的样例信息，腾出有限的认知容量来分配给促进学习的关联认知负荷（Renkl and Atkinson，2003）。Kalyuga 等（2001）的研究表明样例与指导对熟练学习者是多余的，学习者还要分配一定的认知资源来加工这些样例与指导，反而会占用认知资源，构成大的认知负荷，干扰学习。

(四) 感觉通道效应

学习过程中，学习者使用不同的感觉器官，相应的神经系统所承载的负荷量也是不同的，相应的中枢神经加工信息的负荷量也不相同，也就是说投入的认知资源不同，与此相应，学习的效果也有不同程度的差异，这就是感觉通道效应，简称为感道效应或通道效应（the modality effect）。有些学习材料使用某一感觉器官效果会更好，有些内容使用多重感觉器官效果会更理想。Mousavi 等（1995）以及 Mayer 和 Moreno（2003）的研究共同表明，对词的理解与应用听觉呈现的方式比视觉的方式效果好，视听相结合的效果比单一的视觉效果好，单一通道会造成认知超负荷，双通道就可把单一通道的超负荷转移到另一通道上一部分，降低认知负荷。

Tabbers 等（2004）研究了多媒体教学中的感道效应。结果表明，文本中加入视觉线索后被试的保持得分较高，而文本中加入听觉线索后，被试在保持与迁移上得分较低。

(五) 注意分割效应

样例能够促进学习，产生样例学习效应，但同时，学习者需要对样例分配一定的注意。很多样例在时间、空间上并非与目标问题同时出现，而是有一定的时空分离，当学习者拥有较多领域经验和较多先行知识后，再回过头来提取样例信息，就分散了学习者的注意力，从而干扰了学习，这就是注意分割效应（the split-attention effect），注意分割是熟练逆转效应的主要成因。Chandler 和 Sweller（1992）的研究表明，样例与课文内容信息若在空间上分离或时间上分离，会分割注意，增加认知负荷，从而干扰学习。样例学习中，注意分割现象一直存在，Kalyuga 等（2003）的研究表明新手学习者的注意分割效应到了专家型学习者后会被冗余效应和熟练逆转效应取代，所以他们得出结论，在整体教学设计中带有大量解释的材料信息对初学者是有利的，而对于有较多知识经验的学习者来说则是不利的，因为会引发熟练逆转效应。

西方心理学对学习过程中的认知负荷进行了大量研究，包括理论研究和实证研究，也包括实验室研究和教育准实验研究，从多方位探讨了认知负荷对学习的影响作用。很多心理学家在自己的研究中根据具体情况提出了众多的认知负荷学习效应，除上述效应外，还有自由目标效应（goal-free effect）（Van Merriënboer and sweller，2005）、想象效应（imagination effect）（Kalyuga et al.，2003）、元素孤立或交互作用效应（isolated or interacting elements effect）（Kalyuga et al.，2003）、线索提示效应（cueing effect）（Tabber et al.，2004）、问题完成效应（completion problem effect）（Van Merriënboer and Sweller，2005）等。这些效应体现出了不同的认知负荷状况所产生的影响作用。在教学设计非常盛行的西方，根据认知负荷的状况来进行教学设计，采取不同的教学措施，可以减少外在认知负荷，从而提高教学或学习效率。表 1-3 综合了常见的认知负荷学习效应，从措施方法和作用机理上对这些效应进行了对比。

表 1-3　减少认知负荷的效应对比

效应	方法	外在认知负荷
样例学习效应（worked example effect）	用精心设计的有效样例代替传统的问题	减少由低效问题解决方法带来的外在认知负荷，学习者把注意力集中在问题状态和有用的问题解决步骤上
感道效应（modality effect）	用声音文本以及与视觉文本相结合来代替传统的书面文本材料以及其他视觉信息材料（多通道）	多通道的呈现运用视、听两种工作记忆加工而减少外在认知负荷
冗余效应（redundancy effect）	减少学习者通过单一信息资源已经获得的多重信息	避免多余信息的额外加工所带来的外在认知负荷
注意分割效应（split-attention effect）	用单一综合的信息资源取代多重信息资源	学习者不需在心理上综合信息资源，故而减少了外在认知负荷

第二章　认知负荷研究的教育价值

认知负荷理论的发展与相关领域的研究对教育、教学以及学生的学习具有重要的理论价值与实践意义。认知负荷理论是在一系列现代认知心理学理论的基础上发展起来的，同时，教育与教学实践又是它强大生命力的源泉，西方发达国家大量的认知负荷研究都是在教育教学和学习实践活动中进行的。丰富的实证研究成果给教育实践带来了富有价值的启示，也带动教育实践进行了切实可行的变革。

第一节 认知负荷研究的教育意义

一、认知负荷的管理

认知负荷并非越小越好，学习过程中认知负荷过低或超高都是不利的，对学生的学习而言，存在着最佳（适当）认知负荷问题。我们研究认知负荷就要考虑如何使学习者应对认知负荷，不仅仅是要采用合适的教学设计来支持学习者，而且要使学习者能够应对高度的认知负荷甚或超负荷。

从原则上讲，工作记忆的认知过程可以通过某些教学方式进行外部控制。例如，教学中可以通过呈现特定的信息类型与信息量来控制工作记忆的输入。另外，学习者也可以从内部来控制认知负荷。例如，通过决定学什么与如何学来调节学习过程。通过理想的教学方式来减少认知负荷本身并不能保证把所有的自由心理资源都分配到图式的深度建构与自动化上。因此，最优的认知负荷管理应把两种管理区分开来：通过合适的教学方式进行的外部管理，以及以学习者应对高度认知负荷的适当策略为基础的内部管理。

（一）认知负荷的外部管理

认知负荷的外部管理不等同于外部认知负荷管理，它主要包括以下三个方面。

（1）外在认知负荷的管理。这是一种传统的方法。按照认知负荷理论，与常规的实践问题相比，样例学习是一种非常好的训练方式，因为样例学习能够减少外在认知负荷。最近的研究揭示出样例学习主要对年轻学习者有效（Sweller and Chandler，1994；Sweller et al.，1998）。这可能是由于年轻学习者在各自领域拥有较多的知识，也就是说内在认知负荷较低。这种情况下，旨在减少外在认知负荷的教学措施的积极效应就会下降（Marcus et al.，1996）。

（2）内在认知负荷的操纵。这是认知负荷管理的一种新方法，即通过教学材料对内在认知负荷进行操纵。Bannert（2002）介绍了Pollock、Chandler 和 Sweller 的研究，他们研究了学习高度复杂信息时对内在认知负荷的操纵。在呈现给学习者教学的第一部分时，给学习者呈现能连续加工的个别信息要素，而不是立刻呈现全部信息，可以减少认知负荷。而在教学的第二部分，立即呈现全部信息，使工作记忆不得不同时加工这些信息。与作者的假设一致，这种混合方法与另一种一开始就把所有的信息要素同时呈现出来的教学方式相比，明显提高了训练效率与理解力。尽管理解力在教学的第一阶段有所下降，但可以通过第二阶段获得好的理解力来弥补此缺陷。总体看来，这种孤立-交互的要素程序在教学开始阶段对于缺乏初始图式的初学者来说是一种恰当的教学手段。然而，对于有经验的学习者来说，正如作者所预期的，这种教学方式的优势就不复存在了，因为有经验的学习者已经拥有了关于学习主题的复杂图式。

（3）不断增加关联认知负荷与元认知负荷。这是当前的趋势，对认知负荷的外部管理来说，增加关联认知负荷与元认知负荷是一种大有前途的方法。如果认知负荷的总量保持一定的限度，要么减少内在认知负荷，要么降低外在认知负荷，关联认知负荷与元认知负荷才会增加。在这种情况下，就会运用"闲置的"（unused）工作记忆容量来进行图式的建构与自动化（Paas and Van Merriënboer，1994）。

(二) 认知负荷的内部管理

到目前为止，认知负荷理论研究的焦点集中在如何通过一些教学手段使学习最优化。但必须考虑到这样一个事实：学习者在应对认知负荷时也有自己的策略，尽管这些策略的效果有高有低。这就涉及认知负荷的内部管理。Stark 等（2002）的论文运用一种十分独特的方式研究了认知负荷的内部管理。在心理努力概念的基础上，作者对精加工训练的结果进行了解释，这种训练旨在提高有效样例的学习。

Stark 等（2002）在研究内部认知负荷管理时，巧妙地运用了学生的言语原始记录档案进行聚类分析，揭示了学生对样例进行精加工的范型，分析了学生深度的认知精细加工、内部监控过程以及心理努力情况，这些积极或消极的监控过程实际上就是元认知。这种过程分析的方法还包括通过出声思考法（thinking aloud methods）来分析学生在学习过程中的认知和元认知，通过录像分析来揭示学生在学习过程中的心理努力评定状况。

（三）认知负荷管理的策略

认知负荷的管理目的就是要通过采取行之有效的措施来减少外在认知负荷、控制内在认知负荷、增加关联认知负荷与元认知负荷。也就是说，通过一些方法策略来尽量减低对学习产生消极影响的认知负荷，极力扩大对学习产生积极影响的认知负荷。就目前的研究来看，认知负荷的管理主要运用支架（scaffolding）、减褪（fading）、分步（segmenting）、剔除（weeding）等策略来减少外在认知负荷；运用学习策略、提前训练与先行知识的构建等策略来控制内在认知负荷；运用图式和认知结构的构建与自动化来增加关联认知负荷与元认知负荷。

认知负荷管理策略与实际的教学和学习是紧密结合的，这是认知负荷研究的实际应用，体现认知负荷研究的实践价值，是值得进一步研究的实际问题。但就目前来看，这方面的研究与应用还很不成熟，有许多需要进一步研究的问题，不仅需要理论实证的研究，还需要实践的检验。

二、认知负荷与"减负"

从认知负荷观点入手可以真正揭示学生学习负担的实质与原因，找到学习负担过重究竟重在哪里，明了哪些负担可以改变，哪些负担应该改变，哪些"负担"应该"加重"。减负的目的是高效率学习、促进学生身心的健康发展。学生在学习过程中要掌握知识就要进行认知加工，就会有认知负荷，所以学习负担是永远存在的，减负的目标不是甩掉所有的学习负担，而是使学习负担合理化。过去探讨减负问题多是从教学设计和教材编写（课程标准设计）方面入手的，实际上，减负问题涉及主客观多个方面，学生自身在减负中所起的作用也是不容忽视的。这就要求教师、教育管理者、学生、家长都要了解学习负担的构成，以及各类学习负担所起的作用，真正找到减负的可行措施。减负要有理论根据，认知负荷的研究恰恰为减负提供了理论支点。认知负荷的研究使减负更有针对性，明确了减负的目标。

人们常说中学生的学习负担最重，课业最多，学习最苦最累，事实上也的确如此。具体表现在：

(一) 课时过多，上课时间长

与欧盟 12 国及俄罗斯、日本相比，我国内地中小学生每学年上课时数是最高的：6 岁为 1140～1178 课时，9 岁是 1254～1292 课时。课时数最低的国家 6 岁是德国为 564 课时，9 岁是丹麦为 660 课时，与我国的差距为两倍。另外，中国台湾地区分别是 840 课时和 1000 课时。超过 1000 课时的除了中国内地外，只有意大利，为 1080 课时和 1080～1200 课时（高如峰，1998）。另据中央教育科学研究所 2001 年的研究报告，在义务教育阶段，总课时的中日比较结果是，中国比日本多了943 课时（上官子木，2004）。

我国内地学生全年在校的天数最多，为 251 天，美国是 178 天，中国台湾地区是 222 天，最少的国家是葡萄牙为 172 天（上官子木，2004）。至于初三和高三，学生在校的天数更多，不少县乡的中学应届生全年在校的天数更是不可思议地高达 320 多天。杨秀治和刘宝存（2002）对比了几个主要国家规定的中小学生教学天数认为：我国中小学生的教学天数属于中等偏上水平，但由于片面追求升学率，初中高年级和高中阶段的教学天数远远超过国家规定的天数，学生实际在校学习的天数应为世界上最多的国家之一。

（二）科目多，练习时间长

在义务教育阶段，主要西方国家一般开设 6～8 门综合性学科，而我国 1992 年颁布的义务教育课程计划规定，小学开设 9 门学科，初中开设 13 门学科。

教育进展国际评估组织对 21 个国家进行的基础教育调查显示，中国的中学生每周在校做数学题的时间为 307 分钟，在家花在数学上的时间为 4 小时；而其他国家在校为 217 分钟，在家不到一小时（上官子木，2004）。实际上很多中等城市以及县市的中学生每周花在数学上的课余时间超过 8 小时。郑逸农和徐须实（2000）对浙江、江苏、上海、湖北、福建、江西等地的部分知名重点中学进行的问卷调查显示，高一、高二学生每天的学习时间平均为 11.21 小时，高三学生每天的学习时间平均为 12.01 小时；每天做作业时间平均为 96.6 分钟。

（三）知识点多，难度大

不仅数量上偏多，从教学难度上看，中国也远远超过了其他国家。初中各科中，人教社的"代数和几何"通用教材的知识点最多、难度最大，其知识点数量为 302，日本、俄罗斯分别为 228、248；要求学生记忆的容量中国是其他一些国家的 3 倍（上官子木，2004）。我国中小学生花在背课文上的时间太多，在减负声中诞生的新版语文教材不仅没有减少背诵量，反而大大增加了背诵量。新课改中对学生的要求很高，致使新课改的目标难以实现。资料显示新课标难住了好学生，达标率仅为 10%。新课标对中小学生的阅读速度提出了一个要求：小学生每分钟阅读速度 300 字以上，初中生每分钟阅读速度 500 字以上。但据调查，一个严峻的现状是 90% 的学生达不到新课标规定的要求，很多好学生面对新课标的要求都失去了优势。

这一切从表面看加重了学生的学习负担，"中小学生课业负担状况调查"显示，70.41% 的中小学生下午 5 点以后才放学回家，中学生平均每日睡眠的时间只有 7.87 个小时，有一半的学生每晚在 10 点以后入睡（陈德珍，1999）。更有甚者，一些中学的学生每天早上 6 点至晚上 9 点除了三餐不超过 1.5 小时的饮食时间外都在学习。北京市的调查显示，繁重的课业负担使 71.7% 的中学生感到困倦，51.9% 的学生注意力不够集中，22.4% 的学生记不住讲课内容。在中学的高年级，问题更为严重，75% 的学生有明显的困意，35.7% 的学生在上课时间打瞌睡，46.4% 的学生记不住教学内容（上官子木，2004）。

从认知心理学的角度看，学生课业负担重实际上就是学生在学习过程中信息加工的任务多，需要加工的信息量超过了学生的认知加工容量限制。学生的认知加工能力是有一定限度的，超过了这个限度，就超越了学生的认知负荷。所以，学习负担重实质上就是学生在学习过程中认知超负荷，致使有的信息不能得到深度加工，很容易忘掉。

学习是讲究效率的，高效率学习是学生学习追求的目标，也是减负的目的，更是现代学习的特征。信息时代，新知识不断涌现，要想跟上时代发展的步伐，就要不断学习，而且要高效率学习，不然就有永远学不完的东西。要想提高学习效率就要以学习者的认知负荷为基点，离开学习者的认知负荷，高效率学习就会成为一纸空谈。

学习应是愉快的，快乐学习应成为学生学习的特征，也是减负的理想。要想让学生真正在学习中体验到快乐，就要让学生在学习中不断有成功的体验。这也涉及学生的认知负荷：学习任务超过学生的认知负荷，学生就会感到吃力，有些应学的东西没有掌握，不但学习效率不高，而且学生体验不到成功，也就没有了快乐。

"减负"并不是让学生没有学业负担，我们所说的学生学业负担过重一方面是指学习材料过多、过难，造成学生学习过程中的内在认知负荷过重，认知加工过程严重"超载"，需要减轻与这些认知负荷相关的负担；另一方面，教学过程或学习过程的设计不合理、知识呈现的方式与时机不恰当以及教与学的策略不适用导致了外在认知负荷，这些负担占用学生的认知资源、消耗学生的脑力从而干扰学生学习，也需要及时减少。认知负荷理论告诉我们，关联认知负荷与元认知负荷在学生学习过程中是用来构建认知图式、促进图式自动化的，这些也构成学习过程的负担，但这些负担不但不会干扰学习反而会促进学习，所以这些负担不但不能减少反而需要大力加强。所以，学业负担不是都需要减少的，不能一概而论要减少学生的学业负担，这里存在一个优化的问题。

三、认知负荷与教师教育

对学习过程中认知负荷的研究为现代教师教育提供了理论依据与实践启示。

首先，认知负荷理论及其研究为教师了解学生的学业负担提供了新的视角。学生只要学习就会存在学业负担，关键的问题不在于有无学业负担而在于优化学业负担，学业负担实质上就是认知负荷。由此看来，学业负担不都是干扰学习、影响学生心理健康的，有些认知负荷需要减少，而有些认知负荷则需要加强。不论是传统的师范教育还是职前培训、职后培训、在岗轮训，在教师教育的各个环节，都要树立正确的学业负担观念，让教师全面了解认知负荷理论及其在教育实践中的研究成果，这对于全面落实减负工作无疑具有重要意义。

其次，有助于教师加强教学设计。外在认知负荷大多是由于教学设计不合理、知识呈现的时机与方式不恰当、教学组织混乱所造成的，这部分认知负荷是强加给学生的"额外"负担，降低了学生的学习效率，学生需要分出有限的认知资源、花费额外的心理努力去加工这些信息。西方心理学家进行的大量实验表明这部分认知负荷是干扰学生学习的。西方心理学家的实证研究也表明，教师精心设计教学是可以大大减少外在认知负荷的，譬如教学语言的精炼、教学样例的精心设计与运用时机、图示的恰当呈现、板书或教学课件的图示与文字搭配等都可以减少外在认知负荷。Feldon（2007）认为，认知负荷对课堂教学来讲是一把双刃剑。认知负荷的实证研究表明，在教师培训中要通过减少外在认知负荷与提高工作绩效来开发教学技能与教学自主性。减少外在认知负荷，就可以节省下学生有限的认知资源去加工关键的信息内容。

最后，有助于教师有效指导学生的学习。一方面，当教学内容确定时，内在认知负荷就已确定，譬如课程标准就已经规定了内在认知负荷的大小，学生都学习这些内容，学的深度相同，学生的内在认知负荷便大体一样，但每个学生的认知负荷总量并不相同。另一方面，学生之间的个体差异相当大。每个学生的智力水平不同，学习策略不一样，在具体内容的学习上花费的心理努力、投入的心理资源有很大的不同，所以引发的认知负荷也就参差不齐。教师在指导学生学习的过程中，要花大力气引导学生构建认知图式、训练学生图示构建的自动化水平，加强元认知监控，提升学生的关联认知负荷与元认知负荷。这样，就可以提升认知加工的速率，从而促进学习。认知负荷理论告诉我们，关联认知负荷与元认知负荷是可以促进学习的，所以这些认知负荷不但不能减少，还要利用各种策略加强。

第二节　认知负荷的教学意义

一、认知负荷与优化教学

认知负荷理论逐渐成为教学设计的重要理论依据，西方大量的实证研究也揭示出教学过程会形成学生的认知负荷，并且这种认知负荷会干扰学生的学习，所以在教学设计中主要要考虑的是如何降低外在认知负荷，让学生的认知资源能真正用到学习上。

（一）教师要优化教学语言

教学过程中学生对教师讲解课程内容的语言要进行认知加工，教师的语言表达是否清晰、准确、简练，直接影响学生的认知加工，也会影响学生听课过程中的认知负荷的大小。因此教师的语言表述要尽量减少学生对教师课堂语言进行加工的认知负荷，也就是说，要使学生在听课过程中对教师语言的认知加工尽量少费时间，少花费意志努力，少投入注意力、感知力、记忆力、思维力与想象力等心理努力。如果教师的课堂语言含混不清、啰唆冗长、不好辨别，便需要学生投入更多的心理努力与加工时间，形成较大的外在认知负荷，直接降低学习效率。

因此，教师要对自己的课堂语言进行设计，简化语言，缩小学生对语言的认知加工。具体要求：

（1）清晰准确。教师的课堂语言要使用普通话，要求发音准、吐字清、音量适度、语速适中。对学科内容的概念、原理表述要准确，引用的史料、数据要精确，要正确使用专有名词与术语。

（2）简明扼要。教师的课堂语言表述要有助于学生记忆，语句太长、啰唆则会失去感染力，易引起学生的厌烦心理，不利于学生的认知加工。

（3）生动形象。教师的语言要生动活泼，鲜明形象，感情洋溢，和谐有趣，深入浅出，使学生能"如临其境"、"如见其形"、"如闻其声"。这样的教学语言不但能提升课堂教学的活跃气氛，而且能调动学生的形象思维来进行认知加工。在听课过程中，学生如果一直使用抽象思维来进行认知加工，是非常消耗脑力的，学生常常感到很累。

（4）逻辑性强。教师的语言表述要连续、有条理，前后衔接，层层递进，要有一定的逻辑性。不能想到哪里就讲到哪里，更不能颠三倒四、前言不搭后语。杂乱无章的语言表述，不但会使学生感到毫无头绪，而且会使学生投入更多的意志努力和心理努力，消耗更多的认知资源，从而形成较大的外在认知负荷。

(二）教师要恰当运用非语言符号传递系统

在课堂教学中，教师主要运用语言来表述教学内容、传递信息，除此之外，还会利用非语言符号系统来辅助信息的表达与传递。

非语言符号系统主要包括两大类：一是副语言，主要指在语言运用中的声调、节奏、语速、重强音和修辞等，这些副语言也可以传递信息内容。二是表情语言，主要有面部表情、身段表情和手势表情三种，教师的面部表情、一颦一笑、挤眉咧嘴等不但能渲染信息传递的气氛，而且能传递信息内容；教师的站姿、坐姿、走路的姿势以及手和臂的运用都能传递信息内容。学生在课堂学习中，对教师的这些非语言符号系统所传递的信息也要进行认知加工，形成外在认知负荷。由于外在认知负荷是干扰学习的，所以在课堂教学中教师要恰当运用非语言符号系统来辅助信息的表述与传递。

(三）有效指导学生构建认知图式，促进图式自动化

学生的认知图式与图式自动化能够加速认知加工，节省认知资源，把有限的心理资源如工作记忆容量节省出来用于信息的有效加工，图式构建与图式自动化所产生的关联认知负荷与元认知负荷是促进学习的。

学会学习（learning to learn）是现代教育与学习追求的目标，学会学习就要构建学习所需要的认知图式，并且要大力促进图式的自动化水平。现代社会信息浩瀚，要从信息海洋中学习必要的知识，必须高效快速地学习，这是现代学习的基本特征。没有学习所必需的认知图式以及图式自动化，就不可能学会学习，也就不可能快速高效地掌握必要的知识信息。

二、认知负荷与教学策略

认知负荷理论及其在教育实践中的研究为教学策略的制定与选择提供了重要的借鉴，在教学中根据认知负荷理论及其研究成果，合理

制定教学策略，可以提高课堂教学效率，促进学生学习。

（一）有效认知负荷引发指导学生构建图式的策略

图式是现代认知心理学的重要概念，不同的心理学家对图式给出了不同的界定，具体名称也不尽相同。一般来说，图式是指主体认知加工过程中有效获取信息的一种认知模式或框架，是储存于大脑中的较大的知识单位。图式构建与自动化引发的认知负荷是有利于学习的，作为教师应花大力气指导学生构建图式并促进图式自动化。学生在学习中存在各种图式，如阅读有阅读图式，思考问题有思维图式，解决问题有问题图式。缺乏相应的图式，学习就很难进行。譬如，学生在学习中进行阅读，没有阅读图式而且对阅读材料相当陌生时，读完材料后阅读者往往感到一片模糊，虽然投入了时间、花费了心血、占用了认知资源，却没有获取阅读材料中的重要信息，或者只记住了一些不重要的信息。

辛自强和林崇德（2002）认为，样例教学是一种不错的教学模式，这种教学模式有助于降低认知负荷，让学生更多地注意问题的结构特征，以及在什么情况下使用哪些原理、规则、算法等，因而可以促进图式的获得。

由此看来，图式及其自动化对学习来说相当重要，教师要运用各种策略来指导学生及时构建学习所必需图式，并通过相应的训练促使图式自动化。如向学生介绍知识感知的良好方法促进知识的感知，训练学生对知识理解的策略运用来提高理解水平，推荐行之有效的记忆方法来提高知识的巩固程度，加强思维训练让学生学会从不同角度看待问题。样例学习是形成问题图式的一种有效途径（李晓文和王莹，2000），通过样例学习可以让学生学会比较与分析，从而借鉴图式的形成经验。这种指导对于学生图式的构建与自动化来说有事半功倍的效果，相反，如果对学生的学习不管不问或者指导不得力，那么学生在构建图式与自动化的过程中则要消耗大量的时间与精力。

(二) 认知负荷管理促进教学策略的完善

对认知负荷的构成及其在教育教学中情况的研究表明，对于学生学习过程中的认知加工所形成的认知负荷要具体问题具体分析，有些认知负荷是阻碍学习的，需要尽量降低这些认知负荷；而有些认知负荷是促进学习的，则需要加强。既要看到学习过程中认知负荷的积极意义，也要看到认知负荷的消极效应。

认知负荷理论在西方国家的教育中是教学设计的主要基础，教学过程中要根据认知负荷理论来修正和完善教学策略，从而促进学生的学习。如通过支架（scaffolding）策略充分补充学生的已有知识，使学生的先行知识（prior knowledge）为学生掌握知识、解决问题起到桥梁或支架作用；运用减退（fading）策略使学生在学习过程中慢慢克服对样例的依赖，使样例在学习的中后期所产生的消极作用逐步减退；通过分步（segmenting）策略分割大单元的学习内容，降低一次学习由于学习内容过多而造成的内在认知负荷过重，不能期望通过一次教学传授给学生过多的内容，实际上这就是早期西方流行的小步子教学策略；通过剔除（weeding）策略及时清除样例学习的消极效应，在学生较好掌握知识情况下，不要再使用样例教学，在教学过程中既要剔除干扰学生学习的附加认知负荷，也要防止样例学习中的种种消极效应。Clapper（2007）认为先行知识对监控的或无监控的分类学习来说起着促进作用，并通过实验证实了先行知识对无监控学习存在着多重效应。

(三) 认知负荷效应提升教学策略效用

在教育教学领域有一句名言，"教无定法，但有法可依"，教学策略也是如此，固定的教学策略是死的，不是万能的。教学策略存在一个策略效用问题，在此地适用的教学策略，在彼地就不一定适用；对甲学生适用的教学策略，对乙学生就不一定有效用。所以，照搬照抄教学策略是行不通的。

认知负荷理论及其研究成果告诉我们，学习过程中的认知负荷不是都要减轻的，"减负"不能一概而论，那些促进学习的认知负荷是要加强的，所以要根据学生的身心特点、学习规律及教学内容来设计促进关联认知负荷与元认知负荷的策略，如通过一定的策略来进行元认知训练、加强元认知监控、通过切实可行的策略来构建图式并促进其自动化。再如在教学中最常运用的样例教学策略，在认知负荷的实证研究中确实证实了在早期学习或对初学者来说，样例起着支架作用，支撑学生的认知加工，这时的样例对学生学习来说就好像是攀爬过程中搭建的一个梯子。而对于熟练学习者或学习的中后期来说，学生已经有了较充分的先前知识（pre-knowledge），在学生的后继学习中这些先前知识可以转化为先行知识（prior knowledge），为后继学习提供支架作用（scaffolding），这时的样例就显得多余，故而会产生诸如熟练逆转效应（expertise reversal effect）、冗余效应（the redundancy effect）、注意分割效应（the split-attention effect）等消极作用。Rittle-Johnson 等（2009）认为，在实验室研究中比较多重样例可以促进学习与迁移，并且这是高质量数学教学的关键策略，他们通过实验验证了先行知识在学习中的重要作用。在实验中，他们让 7～8 年级的学生通过比较解决同样问题的不同解题方法、比较拥有同样解题方法的不同问题类型或连续学习样例来解决方程问题。实验结果表明，许多学生并不是用解决方程的技巧来开始学习的，代数方法的先行知识对学习方程问题有显著的预测作用。那些在前测中并没有用代数方法开始学习的学生通过连续学习样例或比较问题类型而非比较解题方法最终获益最多，那些在前测中用代数方法开始学习的学生通过解题方法的比较学到了较多的知识，他们要想从比较解题方法中获益必须要有充足的先行知识。这些研究成果进一步验证了熟练逆转效应。

由此看来，教学策略因人而异，教师的个体特征、认知风格和领导作风不同，学生的个体差异性，运用的时间、地点不同等因素，都会造成策略效用的差异。教师在选择运用教学策略时要充分考虑教学策略的效用，要根据学习的进程、类型、学生已有知识等情况来调整教学策略，使教学策略发挥应有的作用。

第三节　认知负荷的学习意义

一、认知负荷与高效率学习

现代学习的基本特征是快速而高效，这既是时代的要求也是学生学习的本质规定。效率是一切活动的生命线，学习活动是学生的主导性活动，必须讲究学习效率。如何进行高效率学习一直是人类探讨的课题，认知负荷理论为研究高效率学习提供了崭新的视角。

学习实践活动是学生的脑力劳动，是以占有、享用、消耗资源为代价的，需要投入成本，这些资源的消耗就构成了学习的基本成本。学习活动的成本包括多个方面：一是物资成本，即传统意义上的"物"，包括学习空间与场地、桌椅板凳、教材、参考书、练习本、学习用具以及吃穿住等日常用品；二是财力成本，即传统意义上的"钱财"，主要是购置前述这些物质资源所消耗的金钱和财力；三是心理成本，即学习活动中消耗的心理资源。在所有学习的成本中最重要的成本是心理成本，这也是造成学习活动绩效差异的最直接原因。

学习活动中的心理成本主要是学习活动中学生所占用与花费的心理资源，即心理投入（mental investment）。赵俊峰（2009）提出这种投资体现在三个方面：心理投入、情绪投入和时间投入，这三个方面代表了学生在学习活动中的心理努力程度。

（一）心理投入

心理投入是指除情绪以外师生在心理上对特定教与学所下的工夫，包括注意、感知、记忆、思维、想象等以及所付出的意志努力，也就是师生在教学活动中投入的认知心理资源。在心理努力中，心理投入是最为核心的。

（二）情绪投入

情绪投入（emotion investment）是指师生在教学活动中所付出的情绪努力，是师生对教学活动投入的情绪资源或者说是学习中所耗费的情绪资源，包括师生在教学中对积极情绪的引发和对消极情绪的控制与调节，也就是师生在教学中运用情绪管理策略调动有利于教与学的积极情绪，防止与减少不利于教与学的消极情绪。教学过程中师生除了投入感知、注意、记忆、思维等认知资源外，还伴随着大量的情绪，如有的体验到求知的乐趣，以期待、渴望的心态来面对教学活动，体验到的是高兴、愉快、满足等积极的情绪；而有的则体验到的是重压下的厌恶，以勉强、应付、不耐烦的心态来面对教学活动，体验到的是痛苦、烦恼、厌恶等消极的情绪。所以学习活动也是学生的情绪劳动，师生在教与学活动中需要进行情绪管理，其中既包括对积极情绪的引发、维持，也包括对消极情绪的抑制、调节。

（三）时间投入

时间投入（time investment）是指师生在教与学活动中所花费的时间以及特定教学任务所带来的时间压力，教与学过程是需要一定的时间投入的，不同人对同样的教与学活动所投入的时间是不相同的。实际上，时间投入是师生在教与学活动中所耗费的时间资源。

在学习中我们不但要计算物资与财力成本的效益，更应该计算心理成本的效益。要考虑学习投资的"收益"即学习收获。

认知负荷理论不但提供了学习的成本效益思考，而且为高效率学习带来了富有价值的启示。

首先，扩大关联认知负荷与元认知负荷是高效率学习的基础。在学习材料一定时，内在认知负荷就已确定，在大多数情况下，学生很难有权利改变学习材料的内容多少与难度，也就是说很难改变内在认知负荷。认知负荷直接影响着学习效率，学生所能做的就是要提升促进学习的关联认知负荷与元认知负荷，这是高效率学习的基础。学生可以通过利用思维训练构建良好图式、促进图式自动化、加强元认知监控等手段，使有限的心理资源更多地分配给这些认知负荷，这可以节省认知资源，腾出更多的资源空间用于认知加工。

其次，通过学习设计来减少外在认知负荷。外在认知负荷是干扰学习降低学习效率的，要想提高学习效率就要降低外在认知负荷。决定外在认知负荷的因素来自两个方面：一是教师的教学组织、知识的呈现方式、传递的媒体等；二是学生学习活动的组织形态、知识的呈现方式等。学生很难改变第一种因素导致的外在认知负荷，却能完全决定第二种因素所产生的外在认知负荷。学生可以通过学习设计（learning design）合理组织学习活动，降低由此引发的外在认知负荷。在教与学活动中，国内外非常重视教学设计（teaching design），产生了众多的教学设计理论、原则与流程。相比较而言，学习设计则很少有人顾及，学生对自己的学习活动进行合理设计与规划（planning）是高效率学习的基本保证。

最后，样例学习效应是高效率学习的指示灯。样例学习是学习中最常见的现象，它一方面能够促进图式的形成，另一方面能积累学习经验，有利于探索适合自己的学习策略。大量的样例学习研究显示，样例学习的效应有积极的也有消极的，在学习过程中，学生要注意这些效应对学习的影响，充分利用样例学习的积极效用，努力杜绝样例学习的消极效用，才能实现对高效率学习的追求。如果相反，在学习中没有充分发挥样例学习的积极效用，反而使样例学习的消极效用处处显现，就谈不上高效率学习。在学习之初，要重视样例学习，不能认为样例学习可有可无，要使样例为自己的学习搭建支架，帮助自己深入学习，而在积累了一定知识经验后就要防止重复样例所产生的消极效应了。

二、认知负荷与学习心理健康

认知负荷是主体认知加工的负载量，学生在学习过程中的认知加工如果超过主体的认知资源容量，后续的认知加工就无法进行，这时就会产生认知超负荷。认知负荷过重或出现超负荷，就会产生学习中的心理疲劳（mental fatigue），也就是学界所谓的学习倦怠（learning burnout）。学习过程中的心理疲劳主要是认知加工负荷过重、持续加工时间过长引起的。Ackerman 和 Kanfer（2009）在实验中，让被试分别参加 3.5、4.5、5.5 个小时的测验任务，结果显示，被试随测验时间的增多，疲劳程度加重。心理疲劳的主要成分是认知疲劳（cognitive load），在现代心理学中，直接用认知疲劳代替了传统的心理疲劳。正如 Ackerman 和 Kanfer（2009）所说：在过去一个世纪乃至现存实验研究的文献中习惯用"心理疲劳"（mental fatigue）这个概念，但近 30年的临床研究文献则用"认知疲劳"（cognitive fatigue）的术语来取代心理疲劳的概念，以把它与身体疲劳（physical fatigue）或肌肉疲劳（muscle fatigue）区分开来。认知疲劳是一个新的研究领域，它的表现与影响作用不容忽视。

认知疲劳是学习过程中心理卫生的常见问题，认知疲劳主要有两大表现，从而会产生两大方面的消极影响：

第一，认知疲劳表现在认知方面并降低认知质量。学习过程中，学生在认知疲劳状态下表现出思维迟钝、反应缓慢、注意力涣散，这种心理状态会直接干扰认知加工，使认知加工差错增多、效率降低。严重的认知疲劳不仅会使学生感知迟钝、注意力不能有效集中、记忆力下降、思维混乱，而且会使学生产生拒绝认知加工的意愿。Bruce 等（2010）通过实验表明，自我报告有认知疲劳的被试的反应时显著高于控制组的反应时。Baranski（2007）在实验中剥夺被试 28 小时并且让被试持续进行概念比较、知识概括和加法心算三种认知作业。结果表明，被试的疲劳严重并且影响被试的元认知判断精确性。这种认知疲劳会影响学习中的心理健康，它不仅仅降低了认知效率，影响了认知质量，还会打击学生的自信心，降低学习中的自我效能感（self efficacy），减少后继学习活动的努力程度，严重的会使学生产生无助感（helplessness），从而降低学习效率。

第二，认知疲劳表现在情绪方面并诱发消极情绪。学习过程中出现认知疲劳时，学生还常常表现出情绪烦躁、焦虑不安、感到无聊等消极情绪体验。认知疲劳往往导致学生心神不宁、烦躁不安、心情不好、容易发脾气，不能专注于学习。并且，认知疲劳越严重，这种消极情绪持续的时间就越长，对学生学习的消极影响就越大。情绪是影响认知的重要因素，是认知的动力因素，积极情绪为学习中的认知提供牵动力，促进学习，而消极情绪为学习中的认知提供制动力，阻挠学习。

学生的学习追求的不应仅仅是快速而高效，还应该实现健康快乐学习。认知负荷会导致认知疲劳从而影响学习中的心理健康，如果解决不好这些学习中的心理问题，不仅实现不了高效率学习的目标，还会积累严重的心理健康问题，更谈不上快乐学习。这是学习的动力系统所要着重考虑的问题。

第三章 认知负荷的理论建构

文献资料表明，已有大量研究对认知负荷进行了实证探讨，但除了 Sweller 等（1988，1994）在 20 世纪 80～90 年代对认知负荷进行了分类以外，很少有心理学家对认知负荷进行理论界定，所以，认知负荷至今仍然是一个很模糊的概念，它的内在维度有哪些、外在影响因素有哪些等问题仍然没有解决。本书对认知负荷进行综合研究，力求弄清认知负荷的内在组成成分，从而为编制有效的认知负荷测评工具奠定理论基础。内在维度不明确，就很难确定认知负荷的测评指标，造成认知负荷外延的扩大化，导致在实际测评中选用不恰当的指标，测得的认知负荷程度也不准确。搞清认知负荷的影响因素及其作用，有利于分析实际学习中学生认知负荷的形成与发展规律。

从理论角度来看，认知负荷研究在认知心理学和教育心理学尤其是学习心理以及教学心理中占有重要地位，认知加工过程研究固然重要，但一个不容忽视的事实是加工过程必然受到加工信息量与加工者认知容量的限制，这就涉及认知负荷。认知负荷研究实际上是认知心理的应用研究，运用认知心理学的研究成果切实解决教与学过程中的实际问题，可以提高教与学的效率。所以认知负荷的研究具有重要的理论价值。

第一节　认知负荷的构成

西方教育心理学从 20 世纪 80 年代开始就对学习过程中的认知负荷进行了很多具体应用研究，特别是在网络学习与超媒体学习迅猛发展的当今社会，认知负荷对提高学习效率、减轻学生的学习负担、真正实现以人为本的教育理念具有重要的意义。

尽管对认知负荷进行了大量的研究，但一个突出的问题是，目前对认知负荷尚没有一个完整的、令人满意的界定。在研究中不同的人对认知负荷有不同的界定，有的从客观角度来定义，有的从主观角度来界定，结果出现了认知负荷、记忆负荷、心理负荷等多个相近的概念。Quiroga 等（2004）认为：认知负荷常被界定为用来促进学习活动的认知资源投入程度。认知负荷也被界定为信息加工需要的心理资源量。Paas 等人（Paas and Van Merriënboer，1994）对认知负荷进行了这样的界定：认知负荷是一个多维建构，这种建构代表了学习者完成特定学习任务时所占用主体的认知系统。国内学者认为，认知负荷可视为加工特定数量信息所要求的"心理能量"的水平，随着要加工的信息数量的增加，认知负荷也增加（辛自强和林崇德，2002）。认知负荷指的是在一个事例中智力活动强加给工作记忆的总数（曹宝龙等，2005）。

由此可以看出，对认知负荷的界定众说纷纭。那么认知负荷究竟是什么呢？从理论上探讨认知负荷的内涵、特点与内在成分，对认知负荷进行明确的界定，以便认识学习过程中认知负荷的本质是当务之急。

一、认知负荷的内涵

对认知心理学家、教师以及教学设计人员而言，认知负荷（cognitive load）是一个非常重要的概念。认知负荷在西方教育心理学界的具体研究较多，但对认知负荷的确切界定却有不同的看法，尤其是操作性定义差别很大。Quiroga 等（2004）认为，认知负荷常被界定为用来促进学习活动的认知资源投入程度。Adcock（2003）认为，认知负荷通常被界定为信息加工需要的心理资源量。Paas 和 Van Merriënboer（1994a）对认知负荷进行了这样的界定：认知负荷是一个多维建构，这种建构代表了学习者完成特定学习任务时所占用主体的认知系统，学习时所消耗的心理努力实际上就是认知负荷的本质属性。

实际上，对认知负荷的界定存在着理论与实践两个层面：从理论层面来看，对认知负荷的界定多着眼于实验室研究，认为认知负荷是指学生学习过程中完成所认知任务而需要的心理资源的数量。也就是在一定时间内学生在完成认知任务的学习过程中实际投入的心理能力，或者说是实际分配给认知学习任务的心理加工能力。心理努力（mental effort）是认知负荷的重要指标，它是指对活动实际投入的认知资源的多少，反映实际的认知负荷水平。学习过程中学生投入的认知资源越多，心理努力越大，认知负荷也就越重。理论层面更多的是从认知负荷的内在本质去研究的。

从实践层面来看，多着眼于实际应用研究，与教育实践特别是教改密切结合在一起，认为认知负荷是指在单位时间内学生知觉到的认知加工任务的分量。实践层面更多的是从认知负荷的行为层面进行研究的，更注重学生学习的实际情况。同样的认知加工量，不同的学生对其感受不一样，那么对不同学生构成的认知负荷也就不同。我们可以精确地计算出两个学生认知加工的数量，但很难判断出哪个学生更累，哪个学生知觉到的任务量更大。

概括起来，学生学习过程中的认知负荷是指学生对学习的任务、责任以及时间压力的知觉与体验。认知负荷这两个层面的含义实际上也是相互联系的，不能被截然割裂。西方教育心理学领域对认知负荷的界定多从理论层面进行，但大多数研究是从实践层面进行的。学生知觉到的认知加工任务重，对认知资源的分配就有了预期，在实际学习过程中投入的心理能力也就会大。如果知觉到的加工任务较轻，就也会产生一种预期，实际投入到学习的能力便会减小。

二、认知负荷的核心与构成

Paas 等（2003）认为，认知负荷主要包括三个方面：心理负荷（mental load）、心理努力（mental effort）和绩效（performance）。心理负荷来源于客体任务和主体特征的交互作用，即体现学习者主体身上关于当前任务的知识经验和主体特征的交互影响；心理努力是主体实际分配给当前任务所需要的认知资源；绩效就是学习者的成绩，它也是认知负荷的一个方面，如测验题目的正确数量、错误数量以及完成任务耗费的时间。

认知负荷的核心是心理努力，正如 Paas 和 Van Merriënboer（1994a）所指出的，心理努力代表了认知负荷的本质属性。事实上，在西方心理学界对认知负荷的研究中，特别是在认知负荷的测量中，往往把心理努力作为最为核心的指标。后来，研究中引入了心理卷入（involvement），在认知负荷的测量中用心理投入（investment）来衡量心理的卷入程度（Paas et al.，2003）。

心理努力可以反映出实际的认知负荷（Paas et al.，2003），它是心理负荷的核心成分，也直接影响着绩效。国内也有学者提出，学习过程中的认知负荷主要是心理努力，认为心理努力是指实际上学习者分配给作业的认知容量（常欣和王沛，2005）。两个达到同样绩效水平的学生，心理努力存在着很大的差异，如两个学生都达到优秀的标准，一个学生只需要较小的心理努力就可以，而另一个可能需要花费很大的心理努力。由表1-2可以看出，西方心理学界近几年有重要影响的26项研究中，单纯用心理努力自评作为指标的认知负荷测量有20项，占76.9%，使用心理努力自评附加其他技术指标的研究有4项，占15.4%，两类合计共占92.3%，单纯使用其他技术指标而不使用心理努力作为指标的研究只有2项，仅占7.7%。

由此可以看出，心理努力是认知负荷最为核心的指标。那么如何来衡量心理努力呢？张锋等（2004）考察了学生学业负担的态度，他们把学业负担的态度界定为学生对自己所承受的学业负荷的稳定的心理倾向和行为方式，并把学业态度界定为三个维度，即对学业负担的认知、对学业负担的情绪体验和由此导致的学习行为。

基于前人的研究资料，我们确立了心理努力为衡量认知负荷的指标。我们通过对学生的访谈得知，学生在学习中的心理努力主要有感知、记忆、思维、想象、注意等认知成分，也有情绪的投入包括积极情绪的调动和消极情绪的调节，还有大量的学习时间投入。因此，我们把学生学习过程中的心理努力划分为心理投入、情绪投入和时间投入三个方面，这三个方面也构成了测评心理努力进而衡量认知负荷的维度标准。这样，就使心理努力在测量中更具操作性。

学生在学习中花费的心理努力实际上是一种心理投入，或称心理投资，这种心理努力或投资体现在三个方面：心理投入、情绪投入和时间投入，这三个方面代表了心理努力的程度。

(一) 心理投入

心理投入是指除情绪以外学生在特定学习上的心理付出和所消耗的心理资源，包括学生在学习中所花费的注意、感知、记忆、思维、想象等认知成分以及所付出的意志努力的程度，也就是学生在学习中投入的认知心理资源和意志努力资源。不同的学生在学习中投入的心理成分是不一样的，不同的学习内容所需要的心理成分也有所偏重。有的学生需要感知多一些，有的学生投入的记忆成分多一些，有的学生在思维上下的工夫大一些，这是造成认知负荷差异的主要原因。在访谈中我们也得知，不同的学生对同样的内容所投入的心理成分是不一样的，如有的学生在课堂上专心听讲，而有的学生则容易分心，这里投入的注意是不一样的；有的学生对学习内容更强调理解，有的更强调记忆，这里投入的记忆与思维的分量是不一样的。对不同的科目或内容，学生投入的心理成分也不一样。如有的学生说理科的内容如数学需要理解多些，文科的内容需要记忆多些，作文需要想象多些，物理也需要想象。这说明在心理努力中，心理投入是不一样的，心理投入的多少在很大程度上决定着心理努力的情况。在心理努力的结构中，心理投入是最为核心的成分。

（二）情绪投入

情绪投入是指学生在学习中所付出的情绪努力，是学生对学习投入的情绪资源或者说是学习所耗费的情绪资源，包括学生在学习中对积极情绪的引发和对消极情绪的控制与调节，也就是学生在学习中运用情绪管理策略调动有利于学习的积极情绪，防止与减少不利于学习的消极情绪。在学习过程中学生除了投入感知、注意、记忆、思维等认知资源外，还伴随着大量的情绪体验，如有的学生在学习中体验到求知的乐趣，以期待、渴望的心态来面对学习，在学习中体验到的是高兴、愉快、满足等积极的情绪；而有的学生在学习中体验到的是重压下的厌恶，以勉强、应付、不耐烦的心态来面对学习，在学习中体验到的是痛苦、烦恼、厌恶等消极的情绪。所以中学生在学习中进行情绪管理既包括对积极情绪的引发、维持，也包括对消极情绪的抑制、调节，这也是一种重要的投入。学生在学习中的情绪体验不同，对情绪的管理也不相同。有的学生花费很大的努力来管理情绪，如激励自己积极愉快的情绪来促进学习，极力压抑自己的消极情绪或想方设法来纾解自己的消极情绪，防止或减轻消极情绪对学习的不利影响。这一点我们在对中学生的访谈中也得到了印证。徐德雄（1997）通过调查认为，对学习的兴趣、情绪的稳定性、考试前的情绪体验、情绪调节的快慢对学业负担均有显著影响。这也说明学生在学习过程中需要投入大量的情绪。所以说，情绪投入是心理努力的重要成分，我们不能忽视情绪投入的现实，对情绪的管理也是需要努力的，也会占用心理资源。在心理努力的结构中，情绪投入是活的显示器。

（三）时间投入

时间投入是指学生在学习中所花费的时间以及特定学习任务所带来的学习时间压力。学习过程中特定的任务如课堂学习、测验考试等是有一定的时间限制的，学生在学习过程中对学习时间的估计以及时间带给学生的压力也会影响着学习中的认知负荷。Gerjets 等（2003）研究了时间压力（time pressure）对认知负荷的影响。Fink 等（2001）在研究中把时间估计（time estimation）作为认知负荷的重要指数。我们在访谈中同样印证了学生在学习中要投入大量的学习时间。学习过程是需要一定的时间投入的，不同的学生对同样的学习所投入的时间是不相同的，即便是同样在课堂上听课，每个学生在学习上所花费的时间也是不一样的；同一学生对不同的学习内容所投入的时间也不相同，学生对感兴趣、符合自己爱好的内容会投入更多的学习时间，而对不感兴趣甚至讨厌的内容投入的时间会少得多。心理努力中心理投入和情绪投入从历程上看也需要一定的时间，所以说，时间投入是心理努力的重要组成部分。实际上，时间投入是学生在学习中所耗费的时间资源。在心理努力的结构中，时间投入是最直观的刻度指标。

第二节　认知负荷的特点

从我们界定的认知负荷以及确立的认知负荷核心指标来看，认知负荷作为客观任务及过程所引起的学生个体的主观感受有其特定的含义。概括起来，我们认为，认知负荷的特点主要有内潜性、主观性、动态性和相对性。

一、内潜性

从属性上看，认知负荷具有明显的内潜性。认知负荷是认知加工过程中认知系统所承载的量，是完成认知加工所投入的心理资源总量，也是学生认知加工中所知觉到的加工任务的分量。认知加工过程是发生在学生头脑内部的，看不见，摸不着，这个过程本身所承载的加工任务量也是隐藏在主体内部的认知系统中的。它不像汽车载重可以直接称量，也不像人的言语或外部行为可以直接观察。虽然可以借助于生理学指标或脑成像技术来描述不同认知负荷状态下的机体活动，但这些技术手段得出的结果并非认知负荷本身，而是认知负荷的间接折射。所以，认知负荷具有明显的内潜性特点。

二、主观性

从产生的形式上看，认知负荷具有典型的主观性特点。认知负荷是客观任务在主体头脑内的一种主观知觉，客观任务只是认知负荷的重要来源，它往往受主体主观特征的制约，不同的学生由于认知能力、加工风格、个性特点不同，所知觉到的任务量是不一样的，对此所投入的心理努力也不相同，认知负荷有着很大的个体差异性。同样的学习材料内容，不同的学生所产生的认知负荷水平有高有低。况且，认知负荷本身还有学习者内在的元认知以及图式获得和自动化所产生的认知负荷，这更体现出认知负荷的主观性特点。由表 1-2 可以看出，在 Paas 等（2003）统计的近年来有影响的认知负荷研究中，92.3％都是使用主观自我评定的方法来衡量认知负荷水平的，这在一定程度上也反映出认知负荷的主观性。主观性特点是认知负荷的本质属性。

三、动态性

从指向的对象上看，认知负荷具有动态变化的特点。认知负荷不是固定不变的，而是随个体不同、加工材料任务性质不同不断发生变化的。即便在一定时期内学生个体的认知能力水平较为稳定，但由于所加工的任务性质不同、个体的学习组织过程不同，认知负荷的水平也有很大的变化。认知负荷有着明显的指向性，指向的加工对象不一样，个体所投入的心理努力也不一样。在不同时间，学生个体的心情不一样，兴趣不同，投入的心理努力有很大的差别。在不同的时间段，学生个体的注意力、记忆力、思维力是有差异的，每个人都存在着最佳时间段，在高效率时间段和低效率时间段，个体的认知监控与调节水平不同，图式的自动化程度也有差异，因而会造成不同的认知负荷水平。由此可以看出，学生的认知负荷是动态变化的。

四、相对性

从水平上看，认知负荷是一种相对的水平。认知负荷的高低是相对于不同个体、个体的不同时期、个体加工不同的任务材料来讲的，它不是一成不变的，任何学生不可能以同一水平的认知鱼荷来加工不同的任务材料。我们说某学生的认知负荷较高或较低，是相对于其他学生而言的，也是与自己以前学习中的认知加工分量相比较而得出的。只有比较才能显示出高或低，认知负荷的自我评定恰恰是建立在自我比较的基础上得出的相对性比较，没有了参照的标准，也就无法衡量其在认知加工中所投入的心理努力水平。

第三节 认知负荷的影响因素

认知负荷都受哪些因素影响呢？不同的学者在研究中考察了不同因素对认知负荷的影响。Sweller（1988，1994）认为影响认知负荷的基本因素有三个方面：一是个体的先前经验；二是学习材料的内在本质特点（尤其是信息要素的交互作用）；三是材料的组织与呈现方式。有人提出认知负荷有两大方面的影响因素：一是因果性因素（causal factors），包括学习者自身的特征、作业性质、环境及其交互作用；二是评价性因素（assessment foctors），包括学习者的心理负荷、心理努力和相应的行为表现（Paas et al.，2003；常欣和王沛，2005）。Gerjets 和 Scheiter（2003）在研究中考察了认知负荷模型的影响因素，认为教学或教师目标（instructional or teacher goals）与学习者的活动（activities of the learner）两大方面决定着认知负荷，学习者的活动又包括学习者的目标（learner goals）、加工策略（processing strategies）和时间压力的策略性适应（strategic adaptation to time pressure）。邹春燕（2001）认为影响认知负荷的主客观因素主要有：一是学习者的因素，包括学习者的认知能力、学习风格和先前的知识经验；二是任务材料的因素，包括任务的组织结构、任务新颖性、所需时间（时间压力）；三是学习者与学习任务的交互作用，包括行为的内在标准、动机或激活状态等。

Ayres（2006）对比研究了不同学习材料难度对认知负荷的影响。Paas 和 Kester（2006）研究了知识结构以及信息特征和学习者的特点对认知负荷的影响。Renkl 和 Atkinson（2003）研究了问题解决中认知技能的获得对认知负荷的影响。Van Merriënboer 等（2003）研究了复杂学习中教学设计对减少认知负荷的影响。Wallen 等（2005）研究了言语能力对认知负荷的影响。孙天威和曲正伟（2002）认为学习负担有差异性，在校时间相同学生的负担不同，课业量相同学生的负担不同，课业难度相同学生的负担不同，考试成绩相同学生的负担不同。施铁如（2002）认为影响学业负担的因素主要有任务难度与数量、学习时间和学习者的主观特点。按照学习负担的认知负荷观点，这实际上涉及影响认知负荷的因素，主要是学习时间、材料内容的多少与难度、学习评价等。

从中可以看出，已有研究对影响认知负荷的因素看法不一，考察影响因素的类型很多，但具体影响因素有哪些？这些因素会影响到认知负荷的哪些方面？各个因素对认知负荷不同类型的影响作用究竟有多大？这些问题还有待于进一步研究。

我们力求结合我国教育的实践和我国中学生学习的实际情况，通过综合考察影响认知负荷的因素，分析不同因素对不同类型认知负荷的影响作用，进而探索影响认知负荷的规律。

综合前人的研究，我们把影响中学生学习过程中认知负荷的因素归纳为学习材料的性质、学习组织形式、评价性因素、学生个体特征、教学组织形式和学习时间六大因素。这些因素通过影响学习者的心理努力，使学生产生不同的心理投入、情绪投入和时间投入，进而导致不同的认知负荷。就认知负荷的类型来看，这六大因素的作用是不相同的，有的因素直接影响内在认知负荷，或对内在认知负荷起作用比较大一些，有的因素对外在认知负荷起作用较大，而有的因素对关联认知负荷起较大的作用，有的因素则在元认知负荷中作用明显。所以，不同的因素在不同类型的认知负荷中所起的作用不是等同的。学生在学习过程中的认知负荷受主客观两个方面多种因素的影响，这些因素不是孤立的，也存在着交叉作用，对认知负荷的影响也有大有小，他们通过影响主体的心理努力进而影响认知负荷的不同侧面，其综合作用及相互关系我们特绘制图加以说明，如图3-1所示。

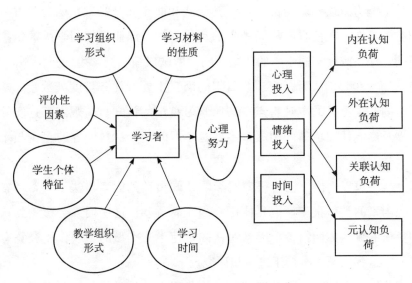

图 3-1　影响认知负荷的因素示意图

一、学习材料的性质

学习材料的性质是影响认知负荷的重要因素，对内在认知负荷起着决定作用。学习材料的性质主要包括两个方面：

第一，学习材料数量。即学习任务量的大小直接影响内在认知负荷，从而也影响认知负荷总量。一般来说，在一定时间内学习材料量越少认知负荷量就越小，相反如果学习材料量很大，学习任务重，相应的认知负荷就较大。

第二，学习材料的难度。即学习材料的复杂程度，学习材料涵盖的要素多少以及这些要素交互作用的多寡也制约着认知负荷。当然，学习材料的难易度对学生认知负荷的影响还取决于学生对学习材料难易度的主观感受，不同学生的智力水平不同、先前的知识经验不同，对当前学习材料的难易度知觉也不相同。实际上学习材料的难度体现在深度与抽象程度上。Sweller（1994）通过实验证明，学习材料所涵盖的信息要素越多以及这些要素间的交互作用越多，学习者的内在认知负荷就越高；材料的信息要素较少、交互作用较少，学习者的内在认知负荷就会较小。

学习材料的数量与难度直接决定了学生对学习所投入的心理努力。教育实践中，学生学习负担过重往往是这方面的因素导致的。

二、学习组织形式

学生依赖的学习活动组织的组织方式不同，所占用的认知资源是不一样的，不但组织方式带来加工通道的负荷不一样，同时由于学习组织方式不同，主体产生的元认知也不一样，相应地，元认知负荷也有差异。在学习过程中学习组织方式是单一还是多样化，使用的感觉通道不一样，投入的神经系统也就不同。单一的形式过于依赖某一感觉通道，造成的认知负荷较大；而多样化的学习组织形式就会把认知负荷分散到不同的感觉通道从而减少负荷量。不同的信息呈现方式会对认知负荷产生影响：例如，视觉或听觉的信息呈现方式对认知负荷的影响、视听结合的方式对认知负荷的影响等。针对传统的文本学习，不少研究探讨了多媒体教学环境中听觉信息的学习方式，以此来减少视觉通道的认知超负荷。这些因素直接影响着学生学习中的外在认知负荷水平。

三、评价性因素

对学习的评价在很大程度上影响着认知负荷。学习过程中的评价是多维的，从来源来看有学生的自我评价、同伴评价、老师的评价、家长的评价、社会的评价等；从评价的指向来看，主要有对学习结果（学习成绩）的评价、对学习内容（材料）的评价、对学习进程的评价、对学习态度的评价、对学习方法策略的评价等；从评价的性质来看，有积极的评价，也有消极的评价。学习评价的标准有相对的评价标准、绝对的评价标准、个体的评价标准、群体的评价标准、社会的评价标准等。学习过程中的评价性因素往往会形成一种反馈，评价的性质不同，反馈的作用也不一样。Moreno 和 Valdez（2005）研究了多媒体学习中的反馈对认知负荷的影响，他们用图画和文字作为材料，发现不同被试的反馈信息不一样，产生的交互作用也不同，并且他们认为信息反馈能促进和保持信息的有意加工。评价的来源不同、评价的指向不同对认知负荷的影响作用则有大有小，评价的性质不同，直接影响着学生主体对学习过程投入心理努力的程度，对心理投入、情绪投入和时间投入的影响是非常大的。可见，评价性因素对认知负荷的影响是不可忽视的。

四、学生个体特征

这是较为稳定的影响因素，主要包括：学生的智力水平，如记忆力、注意力、思维力、想象力等认知能力和反思水平、监控调节能力等；学生的熟练水平，先前的知识、学习经验等先行知识；学习倾向与人格特征，如学习风格、认知风格、学习策略的选择与使用偏爱，以及坚持性、耐心、态度等人格特征。在学生个体特征中，智力因素的作用非常明显，并且很稳定。这些因素往往影响着关联认知负荷和元认知负荷。Rikers 等（2004）通过实验表明，学习者的专长水平是协调认知结构、信息结构和学习结果的重要因素，直接影响着认知负荷。学生个体的主观特征往往影响着对任务材料难易度和数量的主观感受，也影响着自己的主观调节，从而决定着自己对学习的心理投入、情绪投入和时间投入。如坚持性、自制力等意志品质对心理努力的影响作用很大，一个坚持性、自制力好的学生在学习中能够持之以恒，自我约束，不但投入的时间较多，而且能够集中自己的注意力，专心致志于学习，还能够自觉抵制不良情绪的消极影响；而一个坚持性、自制力较差的学生则正好相反，不论是在心理投入上还是在情绪投入上以及时间投入上都要相差较多。

五、教学组织形式

教学活动组织过程中的很多方面影响着学生学习中的认知负荷，

如教学进度、节奏，教师的表达流利性、逻辑性、通俗性以及教师口语的音质、音量等，材料的呈现方式与时机、教学的媒介（媒体）、材料传递的通道（视觉的、听觉的、触觉的）、字体的大小颜色等，这些因素往往决定着学生学习过程中的外在认知负荷水平。学生在学习中尤其是在课堂教学这个主环节上，不但要对学习材料本身进行认知加工，而且要对上述诸多因素进行认知加工。Van Merriënboer 等（2003）在研究中用练习的支架、信息的及时呈现等教学方式来控制外在认知负荷，实验结果相当理想。这些因素往往直观地制约着学生的学习时间投入，实际上背后往往制约着学生在心理与情绪上的投入程度，直接引起外在认知负荷。Sweller（1994）认为，学习材料的信息元素多、交互作用多时，学习者的内在认知负荷就会较大，为此他通过实验提出，这时教学设计中可采取相继加工的形式而非同时加工的形式，也就是说把复杂学习材料分散相继呈现给学生而非一下子都呈现给学生，这样就会大大减少内在认知负荷。大量的研究表明，教学组织过程与形式也是学生学习中需要加工的对象，也会占用认知资源，引起外在认知负荷。良好的教学组织安排会减少学生的外在认知负荷，为关联认知负荷和元认知负荷节省大量的空间，还会缩减内在认知负荷。而不良的教学组织安排，如啰唆、发音不清、逻辑混乱、教学挂图或课件制作主体不突出、呈现不及时或过长等，则会导致学生产生高的外在认知负荷，不利于学生的学习。

六、学习时间

学习过程中的时间限制与实际花费的时间也影响着学生的认知负荷，特别是时间压力对认知负荷的影响是很显著的。学习（教学）进度不同、对特定学习任务的时间限制（如竞赛、考试、限时作业等）、学习的对比等都会造成学习的时间压力，这些压力不但决定着时间投入的长短，而且影响着学生在学习中对心理和情绪的投入程度。如果连续学习的时间过长，学生会产生不耐烦、烦躁、想逃避等心理，不但加重了情绪投入，也会影响心理投入的质与量。不同的时间段，学生对学习的心理投入和情绪投入是不一样的，认知负荷也有差异。如果时间限制很短，如考试中题量过大，学生知觉到的时间压力就很大，会产生高度的焦虑、紧张、心慌，不但影响情绪投入，也会分心，影响认知等成分的心理努力程度。

时间估计受学生主观因素影响很大，学习中不论实际度过多长时间，学生对度过时间的长短估计以及对剩余学习时间的长短估计决定着学生对后继学习活动的心理投入和情绪投入状况。学生对时间的估计会引发一系列的心理反应，例如，估计已经度过了很长时间，学生就会厌烦、转移注意、思维不集中、不会下大工夫去记忆学习内容；再如，估计所剩时间很短，不足以完成当前任务，学生就会产生痛恨、紧张、心慌的情绪，不断提醒自己加快速度，这直接干扰元认知负荷，加大了外在认知负荷，同样不利于学习。

第四节　认知负荷与学业负担

一、认知负荷与学习

从信息加工角度看，学习过程实质上是学生对信息的加工过程，其中认知扮演着重要角色。学生学习过程中的认知负荷是影响学生学习的极其重要的因素，认知负荷过小，学生的认知资源大量闲置，这不符合学习的经济学原则，违背了现代学习的要求，也容易分散学生学习的注意力。如果认知负荷过重，从理论层面看，学生的加工能力完不成学习任务，有些内容只是得到了表浅加工，有些内容根本没有得到加工，不但会降低学习效率，还会形成学习中的难点，使学生产生消极的学习心理体验；从实践层面看，认知负荷过重，学生知觉到的任务分量过大就会产生畏难情绪，形成消极的心理预期，实际学习中投入的心理努力就会减小，这也不利于学习。

所以，对于学生而言，存在着适宜或最佳认知负荷的问题，适宜的或最佳的认知负荷才能取得好的学习效率。所以，要根据不同情况运用不同的策略来调整认知负荷。

二、认知负荷与学业负担

学生的学业负担是教育实践中一个客观存在的问题。目前，国内中学生的学业负担过重也是客观存在的现实问题。学业负担过重是应试教育的典型弊端，推行素质教育的突破口在于减轻学生的学习负担。目前减负的呼声很高，减负也是新课改的目标之一，但减负并非就是减少作业量、降低教材难度这么简单，减负的真正目的是增效。实际上，学习内容不能恰当呈现给学生，啰唆、不合理的教学组织过程本身就给学生增加了认知任务，也构成了学业负担。

教育实践中减负的呼声高但成效甚低，究其原因就在于没有抓住学业负担的实质，没有抓住减负的关键点，所以减负就可能流于形式，或者只做表面文章。学业负担的界定众说纷纭，其称谓就有很多，如学业负担、课业负担等。肖建彬（2001）认为学习负担是指人类以个体经验的方式，在对人类经验进行吸纳、加工以认识和适应生存环境的过程中，对认定的目标、承担的义务和责任所带来的压力的一种体验，以及为此而消耗的生命。体验是主观的，消耗（生理、心理、时间）则是客观的。施铁如（2002）认为，学业负担是学生完成一定学习任务需要的学习时间所引起的学生生理和心理上的负担。金一鸣（2000）认为学业负担是学生（个体或群体）在与环境（家庭、学校和社会）相互作用过程中而承担的学习任务或产生的学习压力。娄立志（1999b）认为，"负担"是指承受的压力和担当的责任、任务等，"学业负担"就是指学生在学业方面应当担负的责任、履行的任务和承受的压力。阴国恩和李勇（2004）认为学习负担指的是与在校学生学习活动有关的各种负担，其中既包括主体以外的客观环境因素构成的学习负担，也包括主体本身心理因素构成的学习负担。这些界定从社会学、教育学的角度进行了探讨，从一个侧面揭示了学习负担。

实际上，认知负荷是学生学习中学业负担的核心与本质，学业负担就是学生知觉到的要在学习中承担的认知加工任务量，认知负荷的大小是反映学生学业负担轻重与否的核心指标。所以，减负的关键在于减轻学生学习过程中的内在认知负荷和外在认知负荷，优化学习中的认知负荷。

学业负担的传统看法实际上属于"消耗观"或"累赘观"，往往把学业负担看做一种多余的"累赘"，从消极方面去注解，想要把学业负担都抛却，好像学生没有了学业负担就可以勇往直前、轻装上阵，就可取得好的学习成绩。从认知角度看，学习过程主要是认知加工过程，需要占用一定的认知资源，但很多人把这种过程看做是认知资源消耗的过程，只看到了学习过程中学生耗费的心理资源，属于典型的"消耗观"。与这两种观点不同，我们提出了"投资观"，从认知负荷理论角度看，学生的学业负担实际上是一种"投资"，是以学生的认知负荷作为资本对学习活动的投资，体现在学生对学习活动中的心理卷入程度。学业负担实际上是学生的认知负荷，而认知负荷实际上就是心理的卷入程度。英语"involvement"一词按照英语词典的解释有心理或情感的投入之义，所以，学业负担也是学生对学习的一种心理投资（投入）。教育经济学提出教育活动存在教育成本问题，讲究教育的经济效益，以此来看学习活动，它同样存在着投资成本问题，只不过学习的成本更多的是心理投资，需要学生主体投入注意、感知、记忆、思维、想象等认知资源作为成本，也需要投入情绪、情感资源作为成本，还需要投入时间资源作为成本，也就是认知负荷的成本。由此看来，学习负担的"投资观"不是不要成本投资，而是如何使投资成本收获最大的效益；心理投资不可以乱投，而是要讲究投资的合理性。以认知负荷的观点看，就是要使认知负荷获取最佳的学习效率，认知负荷就要合理化，尽量压缩外在认知负荷，减少内在认知负荷，极力扩大关联认知负荷和元认知负荷，这样才能促进学习，提高学习效率，也才能使学习符合经济学原则。学业负担的"累赘观"和"消耗观"体现了更多的消极、被动意义，而"投资观"则体现了更多的积极、主动意义。娄立志（1999a）提出，"学生的学业负担是中国社会发展的需要"、"学生的学业负担是其人性完满发展的需要"、"学习的学业负担是中国教育事业发展的需要"。这也是从积极方面来理解学生的学习负担，所以，学业负担有其积极的意义，我们要正确理解学业负担。

第四章 认知负荷的测量学研究

认知负荷的研究需要一套高信效度的测量评定工具，西方心理学中运用不同的技术手段来测评认知负荷的程度，但需要进一步研究认知负荷的测量问题。Van Merriënboer 等（2006）指出，需要深入研究测量认知负荷的方法，特别是测量工具的研发，让研究者能够分清认知负荷的变化。一方面和内在认知负荷区别，另一方面和关联认知负荷区别，测量工具的使用对这些深入的分析和研究有很大的帮助。

从 Paas 等（1994b）编制第一个认知负荷自评量表以来，西方教育心理学界运用多种方法测评认知负荷，先后有 7 级和 9 级自评量表，测评的方法手段也多种多样，有的还运用了现代科技手段。从表 1-2 可以看出，在认知负荷测评中目前应用最多的还是间接的主观评定方法。主要是用心理努力来衡量认知负荷的程度。但心理努力是一个很笼统的指标，只调查学生学习中投入的心理努力程度。在研究认知负荷测评方面，Paas 是最权威的心理学家，在本研究者与 Paas 的通信中，Paas 提供了他经常运用的自评量表题目，"在刚才的学习或解决问题中我投入了——非常非常低的心理努力；很低的心理努力；低的心理努力；较低的心理努力；不低也不高的心理努力；较高的心理努力；高的心理努力；很高的心理努力；非常非常高的心理努力"（In stduying or solving the preceding problem I invested：①very，very low mental effort；②very low mental effort；③low mental effort；④rather low mental effort；⑤neither low nor high mental effort；⑥rather high mental effort；⑦high mental effort；⑧very high mental effort；⑨very，very high mental effort.）。从中可以看出，他所测评的心理努力没有具体的指标，很笼统，很难进行区分。Paas 也承认只能用几个简单的题目来评定认知负荷，很难编制出较全面的问卷工具。

Deleeuw 和 Mayer（2008）运用次级任务反应时、学习中的心理努力自评（等级评定）和学习材料的难度自评（等级评定）来测量内在认知负荷、外在认知负荷和关联认知负荷。

国内学者也开始研究学习过程中的认知负荷，曹宝龙等（2005）研究了认知负荷对小学生工作记忆资源分配策略的影响，在研究中他们用小学生解决算术问题时从已知到答案的解题步骤的多少来衡量认知负荷的高低，解题步骤多认知负荷就大，解题步骤少认知负荷就小。莫雷等（2000）研究了材料模式与认知负荷对小学生类比学习的影响，在研究中他们是用材料的多少来对认知负荷的高低进行区分的。

由此看来，在认知负荷的测评研究中，对认知负荷的核心指标认识不统一，不同的人使用不同的标准来衡量认知负荷的高低，检测出来的认知负荷程度也就有所区别。即便是运用最多的以心理努力作为评定认知负荷的标准，对心理努力也缺乏明确的界定。

纵观国内外的研究，认知负荷的测评有待于进一步加强，需要确立明确的测评指标，编制符合我国学生实际学习情况的问卷工具，以了解学生学习中的认知负荷情况，为诊断学生学习负担的实际情况提供可操作的工具，进而为合理减轻学生学习负担提供依据。

本研究以心理努力作为认知负荷的核心指标，确定心理努力的维度标准，明确心理努力都包括哪些方面，确立心理努力的操作性指标，为编制心理努力调查表奠定基础，进而编制出测评学生学习过程中认知负荷的问卷工具。

第一节 认知负荷的访谈调查研究

认知负荷的测量是认知负荷研究的热点问题，也是难点问题，包括影响认知负荷的因素有哪些以及认知负荷的内在维度有哪些等问题一直悬而未决，而这些问题直接制约着认知负荷的测评。构建一套信效度较高的认知负荷测评工具是研究学生学习过程中的认知负荷状况的关键点。我们在对中学生和教师进行访谈的基础上，验证本研究的理论构想，明确影响学生学习过程中认知负荷的因素，确立认知负荷测评的指标维度。

一、访谈研究的设计与程序

为了了解影响学生学习过程中认知负荷的因素以及认知负荷的内在组成，验证理论构想，为编制认知负荷调查问卷遴选维度与原始题目，我们首先对中学生与教师进行了半结构深度访谈。

(一) 访谈对象

采用随机取样的方法对河南省某市某普通中学的初一、初二、高一、高二共51名中学生进行深度访谈。被试的年龄分布从12岁到17

岁。其中男生 20 人，女生 31 人，年级分布为初一 10 人，初二 10 人，高一 13 人，高二 18 人，如表 4-1 所示。

表 4-1　访谈学生被试情况

年级	男生/人	女生/人	平均年龄/岁	合计/人
初一	5	5	12.5	10
初二	5	5	14.0	10
高一	4	9	15.7	13
高二	6	12	16.7	18
合计	20	31	14.7	51

另外，研究者选取 30 名相应教学班不同科目的任课教师作为访谈对象，教师访谈对象的基本信息如表 4-2 所示。

表 4-2　访谈教师被试情况　　　　　　（单位：人）

教龄	男	女	语文教师	数学教师	英语教师	其他科目教师	合计
1～5 年	6	4	1	2	3	4	10
6～10 年	2	3	1	0	1	3	5
11～20 年	0	7	2	0	3	2	7
20 年以上	1	7	0	1	3	4	8
合计	9	21	4	3	10	13	30

（二）访谈工具材料

（1）自编半结构化学生访谈提纲。该访谈提纲主要围绕中学生学习过程中影响认知负荷的因素、投入的心理成分以及对学习具体科目花费的心理努力程度和如何花费的等问题来对中学生进行访谈。主要的访谈问题如："你个人认为目前的学习内容是多还是少？""哪些科目易学，哪些科目难学，为什么？""在学习中感到累不累？为什么？累的具体体验是什么？""你在哪些科目上花费的心理努力最多？你是如何在这些科目上花费心理努力的？""你在哪些科目上花费的心理努力最少？你是如何在这些科目上花费努力的？""你认为学习过程中会投入哪些心理成分？""你认为学习过程中有哪些方面会吸引你的注意力？"

（2）自编半结构化教师访谈提纲。该访谈提纲主要围绕教师对学生学习中学习负担的轻重、投入的心理资源、需要大脑加工的内容等问题来对中学教师进行访谈。主要的访谈问题如："您是如何看待您所教年级学生的学习负担轻重的?""您认为学生在学习过程中要投入哪些心理资源（心理内容）?""您认为学生在学习中哪些心理资源消耗最为严重?""您个人认为哪一科目学生花费的努力最多?""您认为学生在学习过程中大脑要加工哪些内容?"

(三) 访谈程序

首先，对协助主试参加访谈的心理学研究生进行访谈训练，让他们熟悉访谈流程，掌握访谈技能。同时让他们熟悉访谈提纲，能根据问题线索进行进一步的追问。然后，经过培训的心理学专业研究生会同主试利用课余时间分别对学生与教师进行逐一访谈。为了全面收集信息，在访谈中，两人一组，一人负责提问，一人负责记录。为了避免信息流失，负责记录的主试在征得被试同意的前提下利用录音笔进行录音，同时进行纸质记录。最后，对访谈结果进行整理，全部形成文字档案，采用 SPSS 11.5 统计软件进行数据管理与统计，对访谈内容进行深入分析。

二、学习过程中投入的心理资源

通过对学生进行访谈我们了解到，中学生普遍认为在学习中投入的心理资源主要是记忆、思维、注意、感知、想象等认知成分和情绪以及大量的时间，这与我们的理论构想是一致的。如中学生在回答"学习过程中会投入哪些心理成分"问题时，大多数学生回答是思维、记忆、注意、感知等成分。如某高二男生回答："投入最多的是思考过程，会有记忆投入"；有的学生回答"不同科目不一样，数学需要多思考，语文写作和做图形题时需要想象"；有学生回答"学习中要投入思维、想象、记忆，学习的时候要边听老师讲边想象"；某高一女生回答"数学学习中要用到思维，语文写作文的时候要用到想象"。

在投入的时间上，不少中学生都回答除了上课，每天用于课外学习的时间为 2～3 小时。在学习过程中，学生投入了大量的时间资源，有的学生回答"课文也要背，需要花很多时间"。

在访谈中我们还了解到学生在学习中需要投入情绪这个成分。某高一女生回答"学习中需要投入的心理成分是记忆和情绪。记不住课堂内容，就不会做题；情绪不好会影响做题的效率"。

关于"你课外学习与做作业的时间每天大约是多少?"的问题访谈显示，有 2 人回答是 1 小时以内，占总人数的 3.9%，有 16 人回答是 1～2 个小时，占总人数的 31.4%，有 18 人回答是 2～3 小时，占总人数的 35.3%，有 10 人回答是 3～4 小时，占总人数的 19.6%，有 5 人回答是 4 小时以上，占总人数的 8.9%。从数据分析可知，绝大多数学生课外学习和做作业的时间是 1 小时以上 4 小时以下，这种情况与中学生的学习方式有关。中学生的学习几乎完全由老师引导，或者说是老师在讲，学生在听，学生很少有自己的学习时间，即使是自己学习，也是做老师发的试卷和老师留的作业。关于"你认为学习过程中会投入哪些心理成分?"的问题访谈显示：有 32 人回答"思维"，占总人数的 62.7%；有 38 人回答"记忆"，占总人数的 74.5%；有 21 人回答"理解"，占总人数的 41.2%；有 17 人回答"想象"，占总人数的 33.3%；有 7 人回答"注意"，占总人数的 13.7%；有 6 人回答"感知"；"推理"和"情绪"各出现一次。

在对学生的访谈中我们调查了"你在哪些科目上花费的努力最多/最少? 你是如何花费努力的?"结果我们了解到：在 51 人中，有 27 人次在数学学习上花费的努力最多，占总人数的 45.8%；有 20 人次在英语学习上花费的努力最多，占总人数的 33.9%；有 9 人次在语文学习上花费的努力最多，占总人数的 15.3%；在其他科目上花费努力最多的人数较少。从以上数据可以看出，绝大多数学生把大部分时间花费在语、数、外这三门课程上了，尤其是数学和英语。这与数学需要做大量的习题和英语需要记忆大量的单词有关，虽然也有 17.6% 的学生把主要精力投放在语文上，但与数学和英语相比，比率有很大差距，这与语文提高慢有关；在 51 人中，有 20 人回答在语文上最不努力，占总人数的 39.2%，除了因为语文成绩提高得慢，还与语文是母语，学生有一定的学习基础有关。

我们进一步调查学生在学习过程中是如何进行心理努力的，具体调查结果如图 4-1 所示。

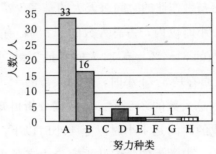

A 做题　　B 记忆　　C 多问　　D 读课外书　　E 写日记和看作文
F 课堂积极发言、讨论　G 复习概念和做过的题　H 记课本和做试验

图 4-1　心理努力的具体形式

由图 4-1 可以看出，占总人数 64.7% 的学生平时的努力学习形式是做题。在我们进行详细归纳的时候，发现在这部分人中的绝大多数把大部分时间花费在做数学题上，这是因为他们的数学练习题非常多；占总人数 31.4% 的中学生平时的努力形式是记忆，这是因为语文和英语单词、历史、政治等很多内容需要记忆；有 4 人平时的努力形式是读课外书，这主要与语文有关，因为要写好作文必须要有开阔的视野。

通过对教师的访谈，我们了解到大多数教师认为学生在学习中投入的心理资源主要是记忆、思维（理解、思考）、想象、注意、感知等认知成分。教师是从学生学习中对知识的掌握角度，更多地关注认知成分在事物中的运用。例如，在回答"您认为学生在学习过程中要投入哪些心理资源（心理内容）?"以及"您认为学生在学习过程中哪些心理资源消耗最为严重?"问题时，一位有着 20 年教龄教高二的女教师说，"是感知、记忆、思考。但感知多一些，思考少，记忆也只是局限于老师要求的部分"；一位有着30年教龄教初二的女教师回答，"是思考。现在新教材把很多公理都删了，就是要培养学生的推理能力，归纳总结能力，归纳总结出规律性的东西，然后类化，解决同类问题"；一位有两年教龄、教高二的青年男教师认为学生在学习过程中要投入的心理资源主要是"推理、思考、记忆"，消耗最多的心理资源是"记忆"。一位有28年教龄的女教师在回答学生在学习中消耗最严重的心理资源这个问题时说，"记忆方面比较多，这主要是因为教学内容量大，要求学生动手能力的较少，学生缺少练习机会，只能死记硬背"。一位有28年教龄教高二英语的女教师认为学生在学习中投入的心理资源是"感知、理解、记忆，我认为它们之间都是连贯的，过程要相互联系，感知、理解比较重要，只有理解后再记忆才会记得牢"，认为学生在学习过程中消耗心理资源的情况是"记忆耗费得最严重，学生们常说记不住"。一位有13年教龄教初二的女教师认为学生学习中消耗的心理资源是"记忆耗费得比较多，中国的教育要求更多的死记硬背"；还有一位只有1年教龄的数学教师在访谈中提到学习中除了投入认知资源外，还要求学生投入"意志力"；一位有9年教龄教高一的男教师认为学生在学习中投入的心理资源主要是"理解、记忆、再理解、巩固，思考也很重要，想象对物理很重要，对读懂题目比较有利"。

三、学习过程中影响认知负荷的因素

为了探索影响中学生学习过程中认知负荷的因素，我们设计了"你每天在课外学习与作业上大约花费多少时间？"，"哪些科目难学？为什么？"，"学习过程中哪些方面会吸引你的注意力？"，"你会注意老师的教学方式吗？"，"你会注意你自己的学习方式吗？"，"学习中你会注意自己的心理加工过程吗？"等问题。结果显示，中学生在学习中不但要注意学习内容，还要注意教师的教学组织方式、自己的学习组织方式以及自己的认知过程本身。例如，一高二男生回答自己在学习中会注意教师"讲课的速度和板书"。在回答"学习中你会注意自己的心理加工过程吗?"这个问题时,一位高一女生说,"控制自己,注意了自己的学习过程中的心理加工过程";一位高二男生回答"我会反思记不住的原因"。关于教师的教学组织形式,一位高二女生回答"我喜欢传统的板书式教学方式,不喜欢多媒体,因为老师不用写了,那我们可能就跟不上了"。

关于"你为什么认为这些科目难学?"这个问题,在 51 个中学生中,有 20 人次回答"不易理解",占总数的 32.3%;有 16 人次回答"需要记的内容太多",占总数的 25.8%;有 8 人次回答"需要思维灵活",占总数的 12.9%;有 7 人次回答"不会做题",占总数的 11.3%;有 6 人次回答"基础不好",占总数的 9.7%;另外分别有 3 人、1 人、1 人回答"内容太多、太难"、"提高慢"、"没有好的方法"。从这些数据可以看出学习内容不易理解是学生学习的最大障碍,这就对教师的授课水平提出了要求,需要教师把内容讲透,让学生彻底理清思路,从而掌握学习内容。居于第二位的原因是"需要记的内容太多",这是一个很现实的问题,英语、语文、历史、政治这些文科需要记的东西很多,就是物理、化学、数学这些对思维要求很高的知识,也需要记忆一些公式、定理之类的东西。另外,回答"需要思维灵活"和"不会做题"的也不少,这说明学习内容对学生的思维提出了很高的要求。人的抽象思维,到了高中阶段才得到高速发展,发展起理论型抽象逻辑思维,初中阶段学生的思维是一种过渡,抽象思维还属于经验型,他们的学习很多是靠记忆,一转入高中,学习内容的抽象程度加大,学生一时难以适应。

关于"学习中你会注意老师的教学方式及你的学习方式吗?"这个问题,在 51 人中,有 7 人回答都不注意,占总人数的 13.7%,有效百分比是 14%(1 人没有回答);只注意老师的教学方式的有 10 人,占总人数的 19.6%,有效百分比是 20%;有 6 人回答注意自己的学习方式,占总人数的 11.8%,有效百分比是 12%;有 6 人回答注意老师的教学方式大于自己的学习方式,占总人数的 11.8%,有效百分比是 12%;有 2 人回答注意自己的学习方式大于老师的教学方式,占总人数的 3.9％，有效百分比是 4％；回答都注意的有 19 人，占总人数的 37.3％，有效百分比是 38％。

关于"学习中你会注意自己的心理加工过程吗?"这个问题，在 51 人中，缺少 5 人的答案，有效人数为 46 人。有 12 人回答不注意，有效百分比为 26.1％；有 7 人回答不太注意，有效百分比为 15.2％；有 27 人回答是注意，有效百分比是 58.7％。从数据看，接近 60％的中学生会注意自己的心理加工过程。

另外，在对学生的访谈中针对学生喜欢学习的科目和讨厌学习的科目以及喜欢或讨厌的原因进行了访谈，以期分析影响认知负荷的因素，结果如表 4-3 所示。

表 4-3　学生报告喜欢或不喜欢某些科目原因的人数

原因类别	喜欢人数/人	不喜欢人数/人	深层归因	百分比/％
好学、轻松快乐；提高不快、难学不易理解	21	19	学习材料性质以及评价因素	33.6
不喜欢背、无方法	0	7	学习组织形式	5.9
感兴趣、喜欢思考、有成就感；不感兴趣、意志力	32	7	学生特征	32.8
投入时间多；投入时间少	7	1	学习时间	6.7
老师讲得好；不喜欢老师	7	5	教学组织形式	10.1
有用	8	0	评价因素	6.7
家庭影响	1	0	环境因素	0.8

对访谈结果进行进一步整理，就影响学生在某些科目上投入努力程度的原因进行总结和深入分析，结果如表 4-4 所示。

表 4-4　学生报告投入高努力程度和低努力程度原因的人数

原因类别	高努力人数/人	低努力人数/人	深层归因	百分比/％
容易理解、简单；记忆内容太多、内容太多太难、不易理解、需要思维灵活、提高慢	27	48	学习材料性质以及评价因素	65.8
不会做题、没有好方法	0	8	学习组织形式	7.0
感兴趣、基础好	22	0	学生特征	23.7
老师讲得好	4	0	教学组织形式	3.5

通过访谈我们可以看出，学生学习过程中的认知负荷受多种因素影响，在这里主要归纳为学习材料的性质、教学组织形式、学习组织形式、学生特征、学习时间、评价因素等。这也印证了我们的理论构想。

第二节 学生心理努力调查表的编制

一、被试与工具

(一) 被试

采用随机整群取样的方法，选取河南省 K 市两所初中和两所高中、P 市两所初中和两所高中（学生涉及初一、初二、高一和高二年级）进行调查，共发放问卷 760 份，回收 728 份，问卷回收率为 95.79%。依据三项原则对回收的问卷进行剔除：①人口统计学信息缺乏的；②整份问卷答案呈规律性作答的，如同一性作答、波浪形作答的；③整份问卷漏答题超过 3 道的。剔除无效问卷后的有效问卷为 695 份，有效率为 95.47%，其中男生 315 人，约占 45.32%；女生 380 人，约占 54.68%。本研究随后的统计分析主要是基于 695 份有效问卷来进行的。

(二) 研究工具

在访谈的基础上，根据理论建构，自编《学生心理努力调查表》问卷，该问卷共 20 个项目，涉及情绪投入、心理投入和时间投入三个方面。其中，情绪投入维度包括 7 个项目，分别为项目 B31、B23、B19、B30、B15、B27 和 B11；心理投入维度包括 6 个项目，分别为项目 B5、B6、B35、B7、B9 和 B32；时间投入维度有 7 个项目，分别为项目 B8、B16、B20、B12、B18、B24 和 B33。自编的《学生心理努力调查表》问卷采用 6 级计分，"1"为"非常不符合"，"2"为"不符合"，"3"为"比较不符合"，"4"为"比较符合"，"5"为"符合"，"6"为"非常符合"。

采用 SPSS 11.5 统计软件进行数据管理与统计分析。

二、项目分析

首先计算各被试认知负荷（心理努力）的总分，将所有被试按总分从高到低排序，将排序后的前 27% 的被试（188 名）作为高分组，后 27% 的被试（188 名）作为低分组，然后使用独立样本 t 检验来比较高分组和低分组被试在各个项目上的差异，高分组和低分组被试在各个项目上的差异比较结果如表 4-5 所示。

表 4-5　高分组和低分组在心理努力调查表各个项目上的差异比较

项目	t	df	Sig. (2-tailed)	Mean Difference	Std. Error Difference	95% Confidence Interval of the Difference	
B31	15.897	329.466	0.000	1.704	0.107	1.493	1.915
B23	14.277	349.621	0.000	1.645	0.115	1.418	1.872
B19	18.787	386.251	0.000	2.048	0.109	1.834	2.262
B30	15.939	362.838	0.000	1.679	0.105	1.472	1.887
B15	16.896	398	0.000	1.832	0.108	1.619	2.045
B27	15.762	363.154	0.000	1.705	0.108	1.492	1.918
B11	14.246	367.785	0.000	1.571	0.110	1.354	1.787
B5	11.426	388.846	0.000	1.266	0.111	1.048	1.484
B6	12.644	375.648	0.000	1.391	0.110	1.175	1.608
B35	13.539	398	0.000	1.460	0.108	1.248	1.672
B7	13.596	392.931	0.000	1.614	0.119	1.381	1.848
B9	12.829	397.557	0.000	1.396	0.109	1.182	1.610
B32	16.830	394.480	0.000	1.745	0.104	1.541	1.949
B8	12.936	398	0.000	1.425	0.110	1.208	1.642
B16	15.524	398	0.000	1.634	0.105	1.427	1.840
B20	15.064	398	0.000	1.592	0.106	1.384	1.800
B12	10.019	383.322	0.000	1.233	0.123	0.991	1.475
B18	12.166	398	0.000	1.388	0.114	1.164	1.612
B24	12.904	398	0.000	1.395	0.108	1.182	1.607
B33	10.207	370.187	0.000	1.175	0.115	0.949	1.401

通过项目分析，发现中学生心理努力调查表各项目在调查表总分高低分组上的差异均极其显著（$p<0.001$），故没有剔除项目。

三、验证性因素分析

本研究使用的《学生心理努力调查表》是在理论构想的基础上编制的，结构比较明确，因此没有必要再进行探索性因素分析，而是直接采用 Amos 5.0 对项目分析后保留下来的项目进行验证性因素分析，并根据验证性因素分析的修正指数对项目进行调整或删除。首先对项目分析后的 20 个项目进行验证性因素分析，验证性因素分析的拟合性指标如表 4-6 所示模型 1 的各个指标值。根据修正指数（modification indices）对模型 1 中的项目进行删除或调整，每次删除或调整一个项目，都需要重新进行验证性因素分析。经过多次调整，最终得到如图 4-2 所示的 15 个项目的模型结构图（模型 2）。模型 2 的各个拟合指标如表 4-6 所示，从中可以看出：模型 2 比模型 1 具有更合理的拟合指数，也就是说，模型 2 更为合理。

表 4-6　心理努力调查表因素结构的验证性因素分析（$n=695$）

指标	χ^2	df	χ^2/df	GFI	AGFI	NFI	TLI	CFI	IFI	RMSEA
模型 1	663.191	167	3.971	0.910	0.886	0.824	0.843	0.862	0.862	0.065
模型 2	305.642	87	3.513	0.926	0.897	0.841	0.843	0.870	0.871	0.053

注：模型 1 为调整前；模型 2 为调整后

由表 4-6 可知，调整后的模型（模型 2）的 χ^2/df 的值为 3.513，RMSEA 值为 0.053，GFI、AGFI、CFI、IFI 的值都在 0.87 以上，这表明：心理努力调查表问卷的结构比较良好。

图 4-2 为最终保留的 15 个项目的验证性因素分析结构图，其中，F1 代表情绪投入，F2 代表心理投入，F3 代表时间投入。情绪投入维度包含的项目有 B31、B23、B19、B30 和 B15；心理投入维度包含的项目有 B5、B6、B35、B7 和 B9；时间投入维度包含的项目有 B8、B16、B20、B12 和 B18。

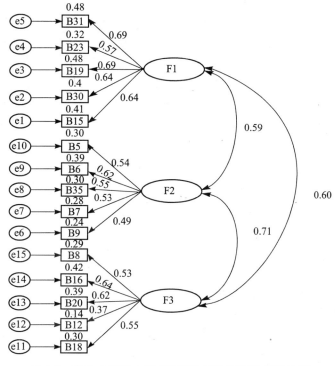

图 4-2 学生心理努力调查表的验证性因素分析结构图

四、心理努力各因子的命名及因子载荷

为了进一步考察所编制《学生心理努力调查表》的结构效度，我们进一步考察了该调查表中每一个项目在相应维度上的因子载荷情况，各个因子相对应项目的具体载荷如表 4-7 所示。

表 4-7　心理努力调查表各个项目在相应维度上的载荷（$n=695$）

项目	Regression weights	S. E.	C. R.	p	Standardized Regression weights
B15 情绪投入（F1）	1.000				0.641
B30 情绪投入（F1）	0.944	0.071	13.341	***	0.640
B19 情绪投入（F1）	1.122	0.079	14.119	***	0.693
B23 情绪投入（F1）	0.897	0.073	12.201	***	0.570
B31 情绪投入（F1）	1.045	0.074	14.139	***	0.695
B9 心理投入（F2）	1.000				0.488

项目	Regression weights	S. E.	C. R.	p	Standardized Regression weights
B7 心理投入（F2）	1.140	0.125	9.096	***	0.526
B35 心理投入（F2）	1.114	0.119	9.329	***	0.550
B6 心理投入（F2）	1.250	0.126	9.900	***	0.622
B5 心理投入（F2）	1.096	0.118	9.266	***	0.543
B18 时间投入（F3）	1.000				0.549
B12 时间投入（F3）	0.688	0.089	7.691	***	0.373
B20 时间投入（F3）	1.087	0.099	10.948	***	0.622
B16 时间投入（F3）	1.156	0.104	11.151	***	0.645
B8 时间投入（F3）	0.957	0.096	10.002	***	0.534

*** $p < 0.001$

由表 4-7 可知最终保留的 15 个项目在各个相应维度上的载荷在 0.37～0.70，各个项目在相应维度上的 C. R. 值均在 7.9 以上，差异均极其显著（$p < 0.001$）。各个维度的具体情况如下：因素一共 5 个项目，包括项目 B31、B23、B19、B30 和 B15，各个项目在单一维度上的因素载荷均在 0.57 以上，对因素一各个项目的意义进行分析，可知这 5 个项目主要涉及中学生在学习过程中在控制不良情绪、调节不良心情上耗费的心理资源和精力，故将因素一命名为情绪投入；因素二共 5 个项目，包括项目 B5、B6、B35、B7 和 B9，各个项目在单一维度上的因素载荷均在 0.48 以上，对因素二各个项目的意义进行分析，可知这 5 个项目主要涉及中学生在各种学习任务、学习过程、认知过程中投入的精力和付出的努力等，故将因素二命名为心理投入；因素三共 5 个项目，包括项目 B8、B16、B20、B12 和 B18，各个项目在单一维度上的因素载荷均在 0.37 以上，对因素三各个项目的意义进行分析，可知这 5 个项目主要涉及中学生在学习的各个环节所投入的学习时间，故命名为时间投入。

五、心理努力调查表的信度

我们使用 SPSS 11.5 统计软件，对心理努力调查表的各个维度和总表进行信度分析，心理努力调查表共有项目 15 个。所采用的信度指标主要是 Cronbach 内部一致性信度系数和分半信度系数，结果如表 4-8 所示。

表 4-8　心理努力调查表的信度（$n=695$）

信度指标	总表	情绪投入	心理投入	时间投入
α 系数	0.798	0.721	0.641	0.614
分半信度	0.776	0.697	0.649	0.635

由表 4-8 可以看出，《学生心理努力调查表》的内部一致性系数为 0.798，分半信度系数为 0.776。各个维度的内部一致性系数在 0.614～0.721，各个维度的分半信度系数在 0.635～0.697。这些数据达到了心理测量学的要求，表明该调查表是可信的。

六、心理努力调查表各维度以及总分间的相关情况

为了了解该问卷各维度之间的关系，我们进一步考察了《学生心理努力调查表》各维度之间以及各维度与总分间的相关情况，各维度之间以及各维度与总分间的相关系数如表 4-9 所示。

表 4-9　心理努力调查表各维度以及总分间的相关（$n=695$）

维度	情绪投入	心理投入	时间投入	投入总分
情绪投入	1			
心理投入	0.445 ***	1		
时间投入	0.447 ***	0.506 ***	1	
投入总分	0.810 ***	0.796 ***	0.799 ***	1

***　$p<0.001$

由表 4-9 可知：《学生心理努力调查表》的各个维度之间的相关均极其显著（$p<0.001$），各个维度之间的相关在 0.445～0.506，维度与总分的相关在 0.796～0.810。心理努力调查表各维度之间的相关适中，而维度同投入总分的相关均很高（在 0.80 左右），这表明本调查表具有很好的结构效度。

第三节　学生认知负荷影响因素调查表的编制

一、被试与工具

(一) 被试

采用随机整群取样的方法，选取河南省 K 市两所初中和两所高中、P 市两所初中和两所高中（学生涉及初一、初二、高一和高二）进行调查，共发放问卷 760 份，回收 728 份，问卷回收率为 95.79%。依据三项原则对回收的问卷进行剔除：①人口统计学信息缺乏的；②整份问卷答案呈规律性作答的，如同一性作答、波浪形作答的；③整份问卷漏答题超过 3 道的。剔除无效问卷后的有效问卷为 695 份，有效率为 95.47%，其中男生 315 人，约占 45.32%；女生 380 人，约占 54.68%。本研究随后的统计分析主要是基于 695 份有效问卷来进行的。

(二) 研究工具

在访谈的基础上，根据理论建构自编《学生认知负荷影响因素调查表》，该问卷共包括 35 个项目，涉及学习评价、智力因素（学生个体特征）、学习材料性质、教学组织形式、学习组织形式、学习任务等六个方面。其中，学习评价维度包括 6 个项目，分别为项目 A29、A38、A28、A48、A18 和 A6；智力因素维度包括 6 个项目，分别为项目 A32、A52、A42、A43、A33 和 A53；学习材料性质维度包括 6 个项目，分别为项目 A1、A11、A42、A12、A51 和 A41；教学组织形式维度包括 6 个项目，分别为项目 A66、A46、A56、A26、A7 和 A16；学习组织形式维度包括 6 个项目，分别为项目 A4、A8、A67、A13、A47 和 A57；学习任务维度包括 5 个项目，分别为项目 A22、A21、

A60、A31 和 A61。

自编的《学生认知负荷影响因素调查表》采用 6 级计分，"1"为"非常不符合"，"2"为"不符合"，"3"为"比较不符合"，"4"为"比较符合"，"5"为"符合"，"6"为"非常符合"。采用 SPSS 11.5 统计软件进行数据管理与统计分析。

二、项目分析

首先计算各被试认知负荷影响因素的总分，将所有被试按总分从高到低排序，将排序后的前 27% 的被试（188 名）作为高分组，后 27% 的被试（188 名）作为低分组，然后使用独立样本 t 检验来比较高分组和低分组被试在各个项目上的差异，高分组和低分组被试在各个项目上的差异比较结果如表 4-10 所示。

表 4-10　高分组和低分组在认知负荷影响因素各个项目上的差异比较

项目	t	df	Sig. (2-tailed)	Mean Difference	Std. Error Difference	95% Confidence Interval of the Difference	
A29	14.364	349.402	0.000	1.505	0.105	1.299	1.711
A38	14.316	369.790	0.000	1.512	0.106	1.304	1.719
A28	13.196	386	0.000	1.481	0.112	1.260	1.702
A48	13.077	361.188	0.000	1.403	0.107	1.192	1.614
A18	14.082	386	0.000	1.501	0.107	1.292	1.711
A62	14.136	386	0.000	1.468	0.104	1.264	1.673
A32	12.724	376.451	0.000	1.479	0.116	1.250	1.707
A52	10.946	386	0.000	1.392	0.127	1.142	1.642
A42	11.440	360.613	0.000	1.307	0.114	1.082	1.532
A43	12.523	386	0.000	1.263	0.101	1.065	1.461
A33	14.368	386	0.000	1.307	0.091	1.128	1.485
A53	12.051	386	0.000	1.442	0.120	1.206	1.677
A1	3.836	386	0.000	0.476	0.124	0.232	0.719
A11	1.385	386	0.167	0.178	0.128	0.075	0.430
A2	2.362	386	0.019	0.333	0.141	0.056	0.611
A12	2.229	386	0.026	0.289	0.130	0.034	0.545

项目	t	df	Sig. (2-tailed)	Mean Difference	Std. Error Difference	95% Confidence Interval of the Difference	
A51	4.402	386	0.000	0.560	0.127	0.310	0.811
A41	3.081	386	0.002	0.373	0.121	0.135	0.611
A66	7.602	386	0.000	0.841	0.111	0.624	1.059
A46	10.649	350.871	0.000	1.156	0.109	0.942	1.370
A56	8.250	376.245	0.000	0.977	0.118	0.744	1.209
A26	6.910	367.090	0.000	0.834	0.121	0.597	1.072
A7	7.930	380.218	0.000	0.973	0.123	0.732	1.215
A16	3.784	386	0.000	0.559	0.148	0.268	0.849
A4	9.922	386	0.000	1.184	0.119	0.949	1.418
A8	12.515	386	0.000	1.327	0.106	1.118	1.535
A67	10.972	386	0.000	1.200	0.109	0.985	1.415
A13	14.305	376.724	0.000	1.339	0.094	1.154	1.523
A47	11.224	386	0.000	1.176	0.105	0.970	1.382
A57	10.811	348.108	0.000	1.155	0.107	0.945	1.365
A22	6.007	371.403	0.000	0.804	0.134	0.541	1.067
A21	5.388	372.258	0.000	0.707	0.131	0.449	0.966
A60	5.043	383.157	0.000	0.712	0.141	0.434	0.990
A31	14.146	386	0.000	1.639	0.116	1.411	1.867
A61	4.063	357.824	0.000	0.413	0.102	0.213	0.612

通过高分组和低分组在影响因素各个项目上的差异比较，发现认知负荷影响因素调查表除项目 A11 外，其余项目在调查表总分高低分组上的差异均极其显著（$p<0.05$），故据此剔除项目 A11。

三、验证性因素分析

本研究使用的认知负荷影响因素调查表是在理论构想的基础上编制的，结构比较明确，故没有必要再进行探索性因素分析，而是直接采用 Amos 5.0 对项目分析后保留的项目进行验证性因素分析，并根据验证性因素分析的修正指数对项目进行调整或删除。首先依据理论构想的 6 因素模型，对项目分析后的 34 个项目进行验证性因素分析，验证性因素分析的拟合性指标如表 4-11 所示模型 1 的各个指标值。根据修正指数（modification indices）对模型 1 中的项目进行删除或调整，每次删除或调整一个项目，便重新进行验证性因素分析。经过多次调整，最终得到如图 4-3 所示的 28 个项目的模型结构图（模型 2）。模型 2 的各个拟合指标如表 4-11 所示，从中可以看出：模型 2 比模型 1 具有更合理的拟合指数，也就是说，模型 2 更为合理。

表 4-11　影响因素调查表因素结构的验证性因素分析（$n=695$）

指标	χ^2	df	χ^2/df	GFI	AGFI	NFI	TLI	CFI	IFI	RMSEA
模型 1	1586.443	512	3.099	0.880	0.861	0.769	0.813	0.830	0.831	0.055
模型 2	843.293	335	2.517	0.921	0.904	0.846	0.888	0.901	0.901	0.047

注：模型 1 为调整前；模型 2 为调整后

由表 4-11 可知，调整后的模型（模型 2）的 χ^2/df 的值为 2.517，RMSEA 值为 0.047，GFI、AGFI、CFI、IFI 的值都在 0.9 以上，这表明：认知负荷影响因素调查表的问卷结构比较良好。

图 4-3 为最终保留的 28 个项目的验证性因素分析结构图，其中，F1 代表学习评价，F2 代表智力因素，F3 代表学习材料，F4 代表教学组织，F5 代表学习组织，F6 代表学习任务。学习评价维度包含的项目有 A29、A38、A28、A48、A18 和 A62；智力因素维度包含的项目有 A32、A42、A43、A33 和 A53；学习材料维度包含的项目有 A1、A2、A12、A51 和 A41；教学组织维度包含的项目有 A66、A46、A56、A26 和 A7；学习组织维度包含的项目有 A4、A8、A67 和 A13；学习任务维度包含的项目有 A22、A21 和 A60。

四、认知负荷影响因素的因子命名及因子载荷

为了进一步考察编制的《学生认知负荷影响因素调查表》的结构效度，我们考察了该调查表中每一个项目在相应因素上的因素载荷情况，各个因子相对应项目的具体载荷如表 4-12 所示。

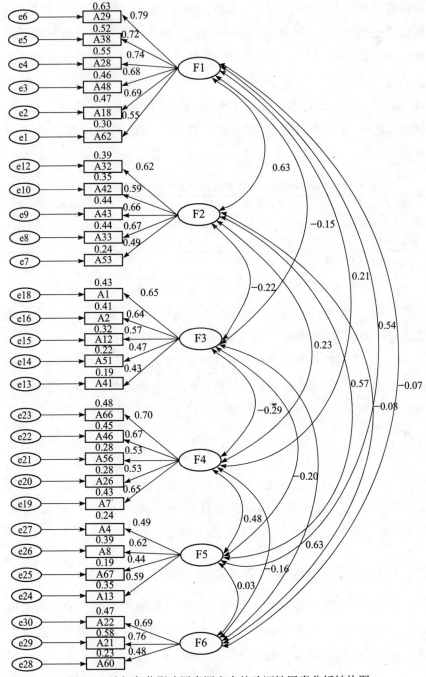

图 4-3　认知负荷影响因素调查表的验证性因素分析结构图

由表 4-12 可知，最终保留的 28 个项目在各个相应维度上的载荷在 0.43～0.80，各个项目在相应维度上的 C.R. 值均在 7.9 以上，差异均非常显著（$p < 0.001$）。各个维度的具体情况如下：因素一共 6 个项目，包括项目 A29、A38、A28、A48、A18 和 A62，各个项目在单一维度上的因素载荷均在 0.54 以上，对因素一各个项目的意义进行分析，这 6 个项目主要涉及教师、家长和学生自己对学生成绩和学习的评价，故命名为学习评价；因素二共 5 个项目，包括项目 A32、A42、A43、A33 和 A53，各个项目在单一维度上的因素载荷均在 0.49 以上，对因素二各个项目的意义进行分析，这 5 个项目主要涉及学生对知识掌握的快慢以及记忆保持的时间等，属于学生智力方面的因素，故命名为智力因素，这是学生个体特征中的主要因素，在理论构建中的学生个体特征我们用智力因素来代替；因素三共 5 个项目，包括项目 A1、A2、A12、A51 和 A41，各个项目在单一维度上的因素载荷均在 0.43 以上，对因素三各个项目的意义进行分析，这 6 个项目主要涉及学习材料的难度和性质，故命名为学习材料；因素四共 5 个项目，包括项目 A66、A46、A56、A26 和 A7，各个项目在单一维度上的因素载荷均在 0.53 以上，对因素四各个项目的意义进行分析，这 5 个项目主要涉及教师的教学组织和对讲课的设计等，故命名为教学组织；因素五共 4 个项目，包括项目 A4、A8、A67 和 A13，各个项目在单一维度上的因素载荷均在 0.43 以上，对因素五各个项目的意义进行分析，这 4 个项目主要涉及学生自己学习的组织、学习方法、学习技巧等，故命名为学习组织；因素六共 3 个项目，包括项目 A22、A21 和 A60，各个项目在单一维度上的因素载荷均在 0.47 以上，对因素六各个项目的意义进行分析，这 3 个项目主要涉及学生在学习过程中感知到的学习任务的多少和轻重等，是学习任务引发的，故命名为学习任务。

表 4-12　认知负荷影响因素调查表各个项目在相应维度上的载荷（$n=695$）

项目	Regression weights	S. E.	C. R.	p	Standardized Regression weights
A62 学习评价（F1）	1.000				0.548
A18 学习评价（F1）	1.245	0.096	13.036	***	0.685
A48 学习评价（F1）	1.272	0.098	12.983	***	0.681
A28 学习评价（F1）	1.423	0.104	13.633	***	0.742
A38 学习评价（F1）	1.316	0.098	13.456	***	0.725
A29 学习评价（F1）	1.423	0.101	14.093	***	0.792
A53 智力因素（F2）	1.000				0.492
A33 智力因素（F2）	1.082	0.100	10.794	***	0.665
A43 智力因素（F2）	1.170	0.108	10.786	***	0.664
A42 智力因素（F2）	1.133	0.111	10.225	***	0.595
A32 智力因素（F2）	1.263	0.121	10.459	***	0.622
A41 学习材料（F3）	1.000				0.432
A51 学习材料（F3）	1.178	0.148	7.935	***	0.474
A12 学习材料（F3）	1.409	0.163	8.639	***	0.566
A2 学习材料（F3）	1.739	0.192	9.059	***	0.641
A1 学习材料（F3）	1.569	0.172	9.109	***	0.652
A7 教学组织（F4）	1.000				0.653
A26 教学组织（F4）	0.812	0.072	11.279	***	0.533
A56 教学组织（F4）	0.805	0.071	11.285	***	0.533
A46 教学组织（F4）	0.942	0.071	13.335	***	0.669
A66 教学组织（F4）	0.976	0.072	13.644	***	0.695
A13 学习组织（F5）	1.000				0.588
A67 学习组织（F5）	0.798	0.094	8.536	***	0.438
A8 学习组织（F5）	1.128	0.106	10.668	***	0.621
A4 学习组织（F5）	0.937	0.102	9.225	***	0.487
A60 学习任务（F6）	1.000				0.476
A21 学习任务（F6）	1.552	0.154	10.082	***	0.760
A22 学习任务（F6）	1.418	0.141	10.035	***	0.687

*** $p < 0.001$

五、认知负荷影响因素调查表的信度

在研究中，我们使用 SPSS 11.5 统计软件，对认知负荷影响因素调查表的各个维度和总调查表进行信度分析。认知负荷影响因素调查表共有项目 28 个，所采用的信度指标主要是 Cronbach 内部一致性信度系数和分半信度系数，结果如表 4-13 所示。

表 4-13 认知负荷影响因素调查表的信度（$n=695$）

信度指标	总表	学习评价	智力因素	学习材料	教学组织	学习组织	学习任务
α 系数	0.760	0.830	0.740	0.687	0.688	0.651	0.684
分半信度	0.724	0.826	0.721	0.684	0.669	0.652	0.642

由表 4-13 可知：认知负荷影响因素调查表的内部一致性系数为 0.760，分半信度系数为 0.724。各个维度的内部一致性系数为 0.651～0.830，各个维度的分半信度系数为 0.642～0.826。这些数据达到了心理测量学的要求，也表明该调查表是可信的。

六、认知负荷影响因素调查表各维度间的相关

为了了解该问卷各维度之间的关系，本研究进一步考察了认知负荷各影响因素之间的相关情况，认知负荷影响因素调查表各个维度之间的相关系数如表 4-14 所示。

表 4-14 影响因素调查表各维度间的相关（$n=695$）

维度	学习评价	智力因素	学习材料	教学组织	学习组织
学习评价	1				
智力因素	0.523***	1			
学习材料	−0.129***	−0.158***	1		
教学组织	0.185***	0.163***	−0.205***	1	
学习组织	0.401***	0.378***	−0.115**	0.321***	1
学习任务	−0.078*	−0.052	0.453***	−0.108**	0.036

* $p<0.05$，** $p<0.01$，*** $p<0.001$，以下均同

由表 4-14 可以看出：影响因素调查表的各个维度之间的相关除学习任务同智力水平和学习组织的相关不显著外（$p>0.05$），其他各个维度间的相关均显著（$p<0.05$），各个维度之间的相关为 0.036～0.523。认知负荷各个影响因素维度之间的相关分析表明：学习材料维

度同学习任务维度存在显著正相关（$p<0.001$），教学组织和学习评价维度同学习任务维度存在显著的负相关（$p<0.05$），而其他影响因素之间的相关不显著（$p>0.05$）。

第四节　学生认知负荷自评问卷的编制

一、被试与工具

在认知负荷自评问卷的编制过程中，我们研究用的被试与编制《学生心理努力调查表》的被试相同，分别施测。

自编的《学生认知负荷自评问卷》是在半开放式问卷调查和深度访谈的基础上，结合前人对认知负荷进行的测量研究，参照权威文献编制而成的。《学生认知负荷自评问卷》共 22 个题目，测查了认知负荷的总体负荷（包含 14 道题目，例如："我在听课上投入的心理努力程度"）和分类负荷（包含 8 道题目，例如："学习过程中我在维持自己注意力方面投入的心理努力程度"）。参照 Paas 对认知负荷自评的等级，我们自编的认知负荷自评问卷采用 7 级评分标准，即 1 代表很低，2 代表较低，3 代表稍低，4 代表中等，5 代表稍高，6 代表较高，7 代表很高。采用 SPSS 11.5 统计软件进行数据管理与统计分析。

二、项目分析和信度检验

首先将认知负荷自评问卷按总分的高低进行排序，分别在样本中取各问卷总分的最高和最低的 27% 作为高分组和低分组，采用独立样本 t 检验的方法检验问卷项目在问卷总分高低分组上的差异。结果所有项目差异都极其显著，因此保留所有的项目。

因为本问卷是学生在学习过程和认知过程中各个环节投入心理努

力程度的自评，其自身的结构联系不是很紧密。问卷的项目来源于半开放式问卷调查和深度访谈以及前人的研究，对问卷进行修改，然后请中学生、心理学研究生、心理测量专家对测验的项目和内容的适当性进行判断，保证了问卷的项目能够真实地反映所要测量的内容，具有较好的内容效度，故不再对该问卷进行结构的效度检验。

我们对认知负荷自评问卷的信度进行了分析，其效度指标如表4-15所示。

表 4-15　认知负荷自评问卷的信度（$n=695$）

信度指标	总问卷	整体负荷	分类负荷
α 系数	0.895	0.844	0.797
分半信度	0.867	0.822	0.736

由表4-15我们可以看出，认知负荷自评问卷的内部一致性系数为0.895，分半信度系数为0.867。两个分问卷的内部一致性系数分别为0.844和0.797，信度很高，符合心理测量学的标准。

第五章 学习过程中认知负荷的现状

第一节 认知负荷现状研究的实证路线

一、认知负荷实证研究的理论假设

为了进一步探讨学生学习过程中认知负荷的现状，对学生的认知负荷在人口统计学变量上的差异进行分析，并确定学生认知负荷程度的诊断标准，对学生学习过程中的认知负荷进行量化分析，我们运用自己编制的认知负荷问卷工具对学生进行了测量，进而进行实证分析。

学生在学习过程中的认知负荷究竟怎么样呢？怎样分析学生的认知负荷现状呢？我们以中学生学习过程中的认知负荷为例进行探讨。实证探索需要理论视角，为此我们提出下列理论假设。

(一) 假设高中生的认知负荷程度高于初中生

教育阶段不同，学习任务不同，学习的内容要求有很大差异，高中生的学习内容不论在内容量上还是复杂抽象程度上都高于初中生，学习内容更多、更复杂、更抽象，需要的认知资源更多；况且高中生更接近高考，考试带来的压力更大，会产生更多的焦虑，需要投入更多的情绪资源来调整学习；高中生的学习时间紧，需要投入的时间更多。这种假设有待于实证研究进行验证。

(二) 女生的认知负荷程度高于男生

在中学阶段，不少事实显示，女生不再像小学那样比男生更具有优势，女生要想取得更优异的成绩往往要付出更多的努力。女生与男生相比，感受的学习压力会更大，更注重成绩分数。传统的观点与心理学研究表明，女生形象思维更占优势，男生抽象思维更占优势。到了中学，学生的思维正处于形象思维向抽象思维过渡的时期，学生学习的内容比小学更为抽象复杂，逻辑性更强。徐德雄（1997）在调查高中生数学学习负担时得出结论，不同性别在学习负担上存在差异，女生的负担更重些。那么，在学习过程中的认知负荷是否也存在差异呢？这是需要研究确定的问题。上述观点有待于进一步检验。

(三) 城市中学生的认知负荷低于农村中学生

学生的城乡差异在很多方面都很明显，城市学生有更多的信息资料来源，所形成的先前知识经验要好一些，并且感受到的学习压力也远远低于农村学生。大量的报道表明，农村学生比城市学生的学习时间要长得多，农村学生只有投入更多的时间才能取得更好的学习成绩。相对来讲，城市学生的智力开发更受重视，开发得较早，这样就影响了学生对学习材料难度的主观感受。我们需要在实证研究中去证实这种观点。

(四) 中学生中独生子女的认知负荷低于非独生子女

独生子女相对有较好的经济条件和学习环境，父母对他们有更多的关爱；而非独生子女往往在兄弟姐妹之间存在学习上的对比，争胜心使他们会投入更多的心理资源和时间取得好的成绩来赢得父母的赞誉与关爱。不少材料报道了独生子女在学习中比较娇气、害怕吃苦，学习的努力程度不如非独生子女。这种假设是否成立需要进一步检验。

二、认知负荷实证研究的技术路线

为了把握学生学习过程中认知负荷的总体特点与人口学信息的差异，对学生的认知负荷进行诊断与定量分析，我们以中学生为例进行研究设计。

(一) 研究被试

我们采用分层随机整群取样的方法，选取河南省 P 市 4 所中学（两所初中、两所高中）、K 市 6 所中学（两所高中、四所初中）进行施测。在编制问卷时统一指导语，指导语中说明该调查的目的，注意事项以及保密措施，尽量确保被试能认真地、如实地回答问题。在施测前对主试（心理学研究生）做调查要求的说明，让他们熟悉指导语和施测中的一些注意事项。在施测中共发放问卷 1197 份，回收 1138 份，回收率为 95.07%。剔除无效问卷，剩余有效问卷 1081 份，有效率为 94.99%。剔除的原则是：

第一，整份问卷漏答题超过 3 道的；

第二，整份问卷答案呈规则作答的，如同一性作答、波浪形作答。

被试的年龄在 10～20 岁，年级、性别、家庭来源、是否独生子女等人口统计学变量如表 5-1 所示。以此被试作为学生学习过程中认知负荷现状分析的数据来源。

表 5-1　被试基本信息

教育阶段	性别		家庭来源		是否独生	
	男/人	女/人	城市/人	农村/人	是/人	否/人
初中	288	256	367	177	259	285
高中	257	280	373	164	269	268
总计	545	536	740	341	528	553
（$n=1081$）	1081		1081		1081	

在研究中，我们还力求对学生学习过程中的认知负荷程度进行诊断。进行诊断分析的被试有两部分：一是第四章中编制认知负荷测量工具时的 695 名被试；二是认知负荷现状分析部分的 1081 名被试。

（二）研究工具与程序

1. 研究工具

在研究中我们主要使用两种调查问卷来对学生的认知负荷进行测量与分析：

其一是《学生心理努力调查表》，具体编制过程及其各种心理测量学指标详见第四章。根据国内外的研究，心理努力程度是反映认知负荷大小的重要指标。在研究中，我们采用自编的《学生心理努力调查表》作为测查中学生认知负荷状况的工具。自编的《学生心理努力调查表》问卷采用 6 级计分，"1"为"非常不符合"，"2"为"不符合"，"3"为"比较不符合"，"4"为"比较符合"，"5"为"符合"，"6"为"非常符合"（详见第四章第二节）。

其二是《学生认知负荷自评问卷》，心理负荷自评问卷是在 Paas 等人对认知负荷进行的测量的基础上编制的问卷，参照 Paas 等（2003）的方法，本问卷没有划分维度，包括 14 个题目测查总体认知负荷，8 个题目测查分类认知负荷。总体认知负荷测查主要是测查在学习各个环节上学生投入的心理努力的总体程度，这 14 个项目得分的总和为学生认知负荷的大小指标。参照 Paas 对认知负荷自评的等级，该心理负荷自评问卷采用 7 级评分，"1"为"很低"，"2"为"较低"，"3"为"稍低"，"4"为"中等"，"5"为"稍高"，"6"为"较高"，"7"为"很高"。具体项目如："我在预习上投入的心理努力程度"、"我在听课上投入的心理努力程度"、"我在复习上投入的心理努力程度"等。本研究中该问卷的内部一致性系数 α 达到了统计要求，在本研究中的内部一致性系数为 0.8442。这说明该问卷在本研究中具有较好的信度和效度，可以有效地对学生的认知负荷进行评价。我们以《学生心理努力调查表》为衡量认知负荷的标准，以《学生认知负荷自评问卷》为效标进行对比分析。

对问卷测量所获得的数据采用 SPSS 11.5 统计软件进行数据管理与统计分析。

2. 研究程序

比较认知负荷在教育阶段、性别、家庭来源和是否独生子女上的差异。

使用《学生心理努力调查表》编制中的 695 名被试的数据对认知负荷测评的工具《学生心理努力调查表》的三个维度分别求出临界值，划分标准，建立学生不同认知负荷程度的诊断标准。

使用认知负荷程度诊断标准对认知负荷现状研究中的 1081 名被试进行筛检，比较不同认知负荷程度的被试在心理负荷自评问卷上得分的差异，对诊断标准进行验证。

第二节 学生认知负荷的总体特点

一、学生认知负荷的基本现状

在具体分析学生认知负荷的特点之前，先使用心理努力调查表对被试的认知负荷总体特征进行归纳，初步认识学生认知负荷的基本情况，分析结果如表 5-2 所示。

表 5-2　心理努力调查表及分调查表的统计性描述（$n=1081$）

	情绪投入	心理投入	时间投入
平均数	19.65	19.39	17.26
标准差	4.83	4.42	4.11
项目平均数	3.93	3.88	3.45
项目标准差	0.97	0.88	0.82

在本研究所使用的 6 级计分调查表中，3.50 分所代表的实际意义就是认知负荷处于中间水平。由表 5-2 可以看出，学生在心理努力总表及各维度上的平均分都刚好在 3 分以上、4 分以下，说明中学生在认知负荷上总体处于中等水平，被试总体的情绪投入和心理投入较高，分别为 3.93 分和 3.88 分，在时间投入维度上得分偏低，仅为 3.45 分。

二、学生认知负荷的分布状态

学生认知负荷各成分（包括情绪投入、心理投入和时间投入）在学生中的基本分布状态是不尽相同的。对学生认知负荷各个具体成分分布进行分析，以分布图的偏度和峰度、最大值和最小值以及标准差等指标来分析认知负荷的基本特点。

（一）情绪投入的分布

情绪投入是认知负荷的重要组成成分，在一定程度上代表着认知负荷的大小。学生学习过程中的认知负荷中情绪投入的分布如图 5-1 所示。

由图 5-1 可以看出，学生情绪投入的最大值和最小值分别为 30 和 5，偏度为 -0.033，小于 1，峰度为 -0.185，数据基本呈正态，比标准正态峰度略低。

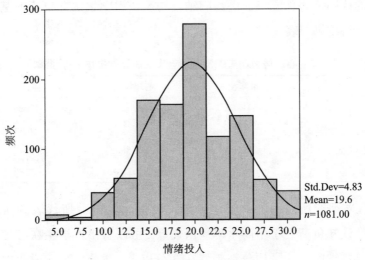

图 5-1　学生情绪投入的分布状况

（二）心理投入的分布

　　心理投入是认知负荷的核心成分，最能解释认知负荷。西方心理学家在其研究中甚至仅仅用心理投入一个指标来代表认知负荷的大小。在我们的研究中，学生的认知负荷中心理投入的分布如图 5-2 所示。

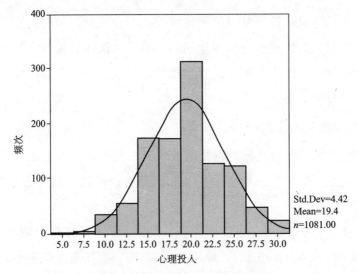

图 5-2　学生心理投入的分布状况

由图 5-2 可以看出，学生心理投入最大值和最小值分别为 30 和 5，偏度为－0.043，小于 1，峰度为－0.035，数据非常接近标准正态分布。

(三) 时间投入的分布

时间投入也是学习过程中学生认知负荷的重要组成部分，时间投入的分布也能说明学生认知负荷的分布特点，时间投入的分布具体状况如图 5-3 所示。

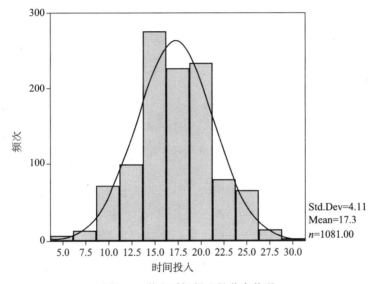

图 5-3　学生时间投入的分布状况

由图 5-3 可以看出，学生时间投入最大值和最小值分别为 29 和 5，偏度为 0.059，小于 1，峰度为 0.077，数据非常接近标准正态分布。

总的来看，学生认知负荷中情绪投入、心理投入和时间投入三个指标在分布图上虽有些呈负偏态，但基本上是正态分布。

第三节　学生认知负荷的差异

　　学生在学习过程中的认知负荷因教育阶段、性别、家庭来源不同而有所差异，认知负荷这些人口学信息的差异是我们寻找认知负荷教育对策的重要依据。

一、不同教育阶段学生认知负荷的差异

　　为了了解学生认知负荷在教育阶段上的差异情况，我们使用直方图和 t 检验对不同教育阶段（初中和高中）中学生在情绪投入、心理投入和时间投入上的差异进行了比较，结果如图 5-4 和表 5-3 所示。

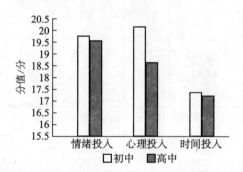

图 5-4　不同教育阶段学生认知负荷差异的直方图

表 5-3　不同教育阶段学生认知负荷的差异 t 检验（$n=1081$）

	教育阶段	人数/人	平均值	标准差	t	Sig.
情绪投入	初中	544	19.75	4.99	0.714	0.475
	高中	537	19.54	4.67		
心理投入	初中	544	20.14	4.63	5.719***	0.000
	高中	537	18.62	4.07		
时间投入	初中	544	17.35	4.34	0.698	0.486
	高中	537	17.18	3.86		

由图 5-4 可知，初中生在情绪投入、心理投入和时间投入上的得分都高于高中生。初中生和高中生在情绪投入、心理投入和时间投入上差异的显著性比较如表 5-3 所示。

由表 5-3 可以看出，比较教育阶段，初中生的认知负荷中在情绪投入和时间投入上均高于高中生，但不存在显著差异（$p>0.05$），而在心理投入上却存在极其显著的差异，初中生显著高于高中生（$p<0.001$）。

二、不同性别学生认知负荷的差异

为了了解学生认知负荷在性别上的差异情况，我们使用直方图和 t 检验对不同性别学生在情绪投入、心理投入和时间投入上的差异进行了比较，结果如图 5-5 和表 5-4 所示。

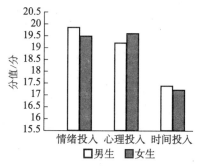

图 5-5　不同性别学生认知负荷差异的直方图

由图 5-5 可知：男生在情绪投入和时间投入上的得分高于女生，在心理投入上的得分低于女生。男生和女生在情绪投入、心理投入和时间投入上差异的显著性比较如表 5-4 所示。

表 5-4　不同性别学生认知负荷的差异性比较（$n-1081$）

	性别	人数/人	平均值	标准差	t	Sig.
情绪投入	男	545	19.83	4.70	1.235	0.217
	女	536	19.46	4.96		
心理投入	男	545	19.18	4.43	-0.523	0.128
	女	536	19.59	4.41		
时间投入	男	545	17.35	4.26	0.678	0.498
	女	536	17.18	3.95		

表 5-4 的数据表明，学生的认知负荷在情绪投入、心理投入和时间投入上的性别差异均不显著（$p > 0.05$）。

三、不同家庭来源学生认知负荷的差异

为了了解中学生认知负荷在家庭来源上的差异情况，我们使用直方图和 t 检验对不同家庭来源的学生在情绪投入、心理投入和时间投入上的差异进行了比较，结果如图 5-6 和表 5-5 所示。

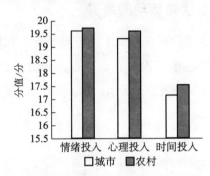

图 5-6 不同家庭来源学生认知负荷差异的直方图

由图 5-6 可知，城市学生在情绪投入、心理投入和时间投入上的得分都低于农村学生。城市学生和农村学生在情绪投入、心理投入和时间投入上差异的显著性比较如表 5-5 所示。

表 5-5 不同家庭来源学生认知负荷的差异性比较（$n = 1081$）

	来源	人数/人	平均值	标准差	t	Sig.
情绪投入	城市	740	19.61	4.90	-0.322	0.747
	农村	341	19.72	4.69		
心理投入	城市	740	19.29	4.46	-1.008	0.314
	农村	341	19.59	4.34		
时间投入	城市	740	17.13	4.18	-1.585	0.113
	农村	341	17.55	3.93		

表 5-5 的数据显示，不同家庭来源学生的认知负荷在情绪投入、心理投入和时间投入上的差异均不显著（$p > 0.05$）。

四、独生子女和非独生子女在认知负荷上的差异

为了了解学生认知负荷在是否独生子女上的差异情况，我们使用直方图和 t 检验对学生中的独生子女和非独生子女在情绪投入、心理投入和时间投入上的差异进行了比较，结果如图 5-7 和表 5-6 所示。

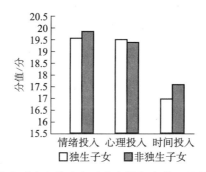

图 5-7　独生子女和非独生子女在认知负荷上差异的直方图

由图 5-7 可以看出，独生子女在情绪投入和时间投入上的得分低于非独生子女，在心理投入上的得分略高于非独生子女。独生子女和非独生子女在情绪投入、心理投入和时间投入上差异的显著性比较如表 5-6 所示。

表 5-6　独生子女和非独生子女的认知负荷差异性比较（$n=1081$）

	是否独生	人数/人	平均值	标准差	t	Sig.
情绪投入	是	528	19.49	5.22	-1.040	0.298
	否	553	19.80	4.43		
心理投入	是	528	19.45	4.55	0.465	0.642
	否	553	19.33	4.30		
时间投入	是	528	16.94	4.11	$-2.550*$	0.011
	否	553	17.57	4.08		

表 5-6 的数据显示，独生子女学生和非独生子女学生在时间投入上差异显著（$p<0.05$），在情绪投入、心理投入上差异不显著（$p>0.05$）。

第四节　学生认知负荷诊断标准的确定与现状考察

　　学生学习过程中的认知负荷水平从高到低是一个连续状态，怎样区分学生的认知负荷水平呢？这就涉及认知负荷的诊断标准的确立，用诊断标准区分学生学习过程中的认知负荷水平，以此衡量认知负荷的程度。但在以往的研究中，并没有一个诊断认知负荷的标准，从而也没有划分认知负荷的程度。所以在研究中只使用有和无两极标准或者用材料内容多代表认知负荷高，用材料内容少代表认知负荷小，并没有衡量认知负荷的尺度。我们在研究中首次尝试提出了用临界值作为诊断认知负荷的标准，从而划分了学生学习中认知负荷的程度。

一、学生认知负荷的临界值

　　我们利用在《学生心理努力调查表》编制中的调查数据（$n=695$）来探求认知负荷个维度的临界值。具体方法为，在 SPSS 统计分析软件中，对被试在认知负荷中情绪投入、心理投入和时间投入三个维度上的得分进行排序，计算出各维度排序上 1/3 处的数值作为认知负荷程度的临界值。具体结果如表 5-7 所示。

表 5-7　认知负荷各维度的临界值

因素	低	中	高
情绪投入	<18	18～21	≥22
心理投入	<17	17～19	≥20
时间投入	<16	16～18	≥19

二、学习过程中认知负荷的水平特点

　　我们用认知负荷在学生样本中的检出率来说明学生在学习过程中

的水平特点。利用表 5-7 计算得到的认知负荷各维度的临界值（695 名被试），考察认知负荷现状调查研究中的数据（1081 名被试），计算学生样本的认知超负荷检出率情况。按照认知负荷各维度的临界值，我们考察了认知负荷在情绪投入、心理投入和时间投入三个维度指标的超负荷检出率情况，具体结果如表 5-8 所示。

表 5-8　学生样本中的认知超负荷（单维度）检出率

样本	人数	情绪投入（≥22）		心理投入（≥20）		时间投入（≥19）	
		检出人数/人	检出率/%	检出人数/人	检出率/%	检出人数/人	检出率/%
初中生	544	201	36.9	309	56.8	212	39.0
高中生	537	161	30.0	217	40.4	181	33.7
总体	1081	362	33.5	526	48.7	393	36.4

由表 5-8 可以看出，学生总体中就认知负荷的单维度指标来看，情绪投入的超负荷检出率为 33.5%，心理投入的超负荷检出率高达 48.7%，时间投入的超负荷检出率为 36.4%。就不同教育段的学生来看，初中生的情绪投入超负荷检出率为 36.9%，心理投入超负荷的检出率高达 56.8%，时间投入超负荷的检出率为 39.0%；高中生中情绪投入超负荷的检出率为 30.0%，心理投入超负荷的检出率为 40.4%，时间投入超负荷的检出率为 33.7%。不论是学生总体样本还是初中生与高中生，就认知负荷的单维度指标来看，心理投入的超负荷检出率是最高的，说明学生的认知超负荷主要集中在心理投入上，学习负担过重主要是学生在感知、注意、记忆、思维、想象等认知加工和意志努力上负荷过重。

为了进一步分析学生学习过程中的认知负荷现状，我们创新性地把认知负荷进行了水平划分，按照学习过程中的认知负荷水平程度，我们将学生的认知负荷划分为合理认知负荷、轻度认知超负荷、中度认知超负荷和高度认知超负荷四种类型。我们进行分类的操作性标准是依据我们提出的临界值，具体的划分情况是：我们把在认知负荷的三个维度上得分都低于临界值的被试界定为合理负荷者、把在认知负荷的三个维度中任何一个维度上的得分高于临界值的被试界定为轻度超负荷者、把在其中两个维度上得分高于临界值的被试界定为中度超负荷者、把在三个维度上得分都高于临界值的被试界定为高度超负荷者。据此分别计算初中生、高中生和学生总体样本中合理负荷、轻度超负荷、中度超负荷和高度超负荷者的检出率情况，具体结果如表5-9所示。

表5-9　学生样本中的合理负荷以及轻度、中度和高度超负荷的检出率

样本	人数	合理负荷		轻度超负荷		中度超负荷		高度超负荷	
		检出人数/人	检出率/%	检出人数/人	检出率/%	检出人数/人	检出率/%	检出人数/人	检出率/%
初中	544	148	27.2	163	30.0	140	25.7	93	17.1
高中	537	213	39.7	151	28.1	111	20.7	62	11.5
总体	1081	361	33.4	314	29.0	251	23.2	155	14.3

由表5-9可以看出，学生学习过程中的认知负荷总体现状如下：合理认知负荷者在中学生中约占33.4%，轻度认知超负荷者约占29.0%，中度认知超负荷者约占23.2%，重度认知超负荷者约占14.3%，认知超负荷的学生共占66.5%，其中中度以上认知超负荷者共占37.5%，说明大多数学生在学习过程中是认知超负荷的。就初中生来看，合理认知负荷者约占27.2%，轻度认知超负荷者约占30.0%，中度认知超负荷者约占25.7%，重度认知超负荷者约占17.1%，认知超负荷的初中生共占72.8%，其中中度以上认知超负荷的学生共占42.8%。就高中生来看，合理认知负荷的学生约占39.7%，轻度认知超负荷者约占28.1%，中度认知超负荷者约占20.7%，高度认知超负荷者约占11.5%，认知超负荷的高中生共占60.3%，其中中度以上认知超负荷的学生共占32.2%。初中生与高中生相比，虽然认知超负荷的学生都占多数，但初中生的认知超负荷更为严重，不论是认知超负荷的总数还是中度以上认知超负荷的学生，初中生都明显比高中生要多。

三、认知负荷诊断标准的区分效度

我们以学生心理负荷自评问卷为效标，对上述认知负荷的诊断标

准加以考察。不同认知负荷程度的被试在心理负荷自评问卷上得分情况的描述统计结果如表 5-10 所示，LSD 事后多重比较结果如表 5-11 所示。

表 5-10　不同认知负荷水平被试的自评分数比较

	合理负荷 （$n=361$）	轻度超负荷 （$n=314$）	中度超负荷 （$n=251$）	高度超负荷 （$n=155$）
自评分数	46.48±9.64	51.91±9.40	56.65±9.24	61.25±7.77

由表 5-10 可知，单因素方差分析的结果表明，对自评分数水平而言，$F=115.027$，$p=0.000$。表 5-11 的事后分析结果表明，合理负荷和轻度超负荷、轻度超负荷和中度超负荷、中度超负荷和高度超负荷之间的差别均达到统计显著性水平（$p<0.05$）。

表 5-11　不同认知负荷水平被试的自评分数事后多重比较

自评分数	自评分数	MD	Std. Error	Sig.	95% Confidence	Interval
高度超负荷	中度超负荷	4.592 *	0.943	0.000	2.742	6.442
	轻度超负荷	9.338 *	0.906	0.000	7.560	11.115
	合理负荷	14.769 *	0.886	0.000	13.030	16.508
中度超负荷	高度超负荷	−4.592 *	0.943	0.000	−6.442	−2.742
	轻度超负荷	4.746 *	0.781	0.000	3.213	6.279
	合理负荷	10.177 *	0.758	0.000	8.689	11.665
轻度超负荷	高度超负荷	−9.338 *	0.906	0.000	−11.115	−7.560
	中度超负荷	−4.746 *	0.781	0.000	−6.279	−3.213
	合理负荷	5.431 *	0.712	0.000	4.034	6.829
合理负荷	高度超负荷	−14.769 *	0.886	0.000	−16.508	−13.030
	中度超负荷	−10.177 *	0.758	0.000	−11.665	−8.689
	轻度超负荷	−5.431 *	0.712	0.000	−6.829	−4.034

* 平均值的差异在 0.05 的水平上显著

第六章　影响认知负荷的因素及其作用

认知负荷都受哪些因素影响呢？不同的学者在研究中考察了不同因素对认知负荷的影响。Sweller（1988，1994）认为影响认知负荷的基本因素有三个方面：一是个体的先前经验；二是学习材料的内在本质特点（尤其是信息要素的交互作用）；三是材料的组织与呈现方式。有人提出认知负荷有两大方面的影响因素：一是因果性因素（causal factors），包括学习者自身的特征、作业性质、环境及其交互作用；二是评价性因素（assessment foctors），包括学习者的心理负荷、心理努力和相应的行为表现（Paas et al.，2003；常欣和王沛，2005）。Gerjets 和 Scheiter（2003）在研究中考察了认知负荷模型的影响因素，认为教学或教师目标（instructional or teacher goals）与学习者的活动（activities of the learner）两大方面决定着认知负荷，学习者的活动又包括学习者的目标（learner goals）、加工策略（processing strategies）和时间压力的策略性适应（strategic adaptation to time pressure）。邹春燕（2001）认为影响认知负荷的主客观因素主要有：一是学习者的因素，包括学习者的认知能力、学习风格和先前的知识经验；二是任务材料的因素，包括任务的组织结构、任务新颖性、所需时间（时间压力）；三是学习者与学习任务的交互作用，包括行为的内在标准、动机或激活状态等。

从中可以看出，已有研究对影响认知负荷的因素看法不一，考察影响因素的类型很多，但具体影响因素有哪些？这些因素会影响到认知负荷的哪些方面？各个因素对认知负荷不同类型的影响作用究竟有多大？这些问题还有待于进一步研究。

结合我国教育的实践和我国学生学习的实际情况，我们力求通过综合考察影响认知负荷的因素，分析不同因素对不同类型认知负荷的影响作用，进而探索影响认知负荷的规律。

第一节　认知负荷影响因素研究的实证路线

一、认知负荷实证探索的理论假设

在理论建构中，我们提出了影响作用模型（图 3-1），学习评价、智力因素（学生个体特征）、学习材料、教学组织形式、学习组织形式和学习任务等认知负荷各个影响因素对心理努力的三个考察指标，即情绪投入、心理投入、时间投入会产生一定的影响作用，但这种影响作用有多大？影响作用的机制是什么？还缺乏实证支撑。为了验证我们构建的影响因素作用模型，我们需要进行实证研究，通过数据分析来验证我们的理论构想。

1. 假设认知负荷各影响因素对情绪投入有明显的预测作用

情绪投入是心理努力的重要方面，也是认知负荷的重要组成部分，认知负荷的影响因素必然会影响情绪的投入，通过回归分析可以探索影响认知负荷诸因素对情绪投入的预测作用。各个因素对情绪投入的影响作用不是等同的，有大有小，其中学习组织形式是学生自己创设的活动，自己参与其中，因而对情绪投入的影响更大，智力因素是相对比较稳定的、较为内隐性的因素，对情绪的投入影响会小一些。这种理论假定是否成立需要进一步进行实证检验。

2. 假设学习材料等影响认知负荷的因素对心理投入有明显的预测作用

心理投入是心理努力的核心成分，最能代表认知负荷。学习组织、教学组织、学习评价、智力因素、学习任务和学习材料等因素会对心理投入有明显的影响作用。各个因素的作用大小不一，其中学习材料直接决定着学生需要投入的心理资源，材料的多寡与难度对学生认知投入成分的需求影响最大。通过回归分析可以探索各个因素对心理投入的预测作用。我们需要通过调查数据分析来验证这种理论假设。

3. 认知负荷各影响因素对时间投入有明显的预测作用

学习过程中时间的投入会受到学习材料、教学组织等六大因素的制约，学习任务不同、学习组织方式不同、学习材料的多寡与难度直接制约着学习时间的耗费，这些因素所产生的时间压力不同，学生所投入的时间量也有差异。通过回归分析可以探索学习材料等各因素对时间投入的预测作用，验证我们的理论假设。

二、认知负荷影响因素实证探索的技术路线

为了探索认知负荷的影响因素及其作用，我们采用问卷法对学生进行了调查分析。在调查中我们使用的问卷测量工具有两个：

一是《学生心理努力调查表》。采用 6 级计分，"1"为"非常不符合"，"2"为"不符合"，"3"为"比较不符合"，"4"为"比较符合"，"5"为"符合"，"6"为"非常符合"。具体编制过程及其各种心理测量学指标见第四章第二节。二是《学生认知负荷影响因素调查表》。该问卷共包括 35 个项目，涉及学习评价、智力因素（学生个体特征）、学习材料性质、教学组织形式、学习组织形式、学习任务六个方面。自编的《学生认知负荷影响因素调查表》采用 6 级计分，"1"为"非常不符合"，"2"为"不符合"，"3"为"比较不符合"，"4"为"比较符合"，"5"为"符合"，"6"为"非常符合"。具体编制过程及其各种心理测量学指标见第四章第三节。

我们采用分层随机整群取样的方法，选取河南省 P 市 4 所中学（2 所初中、2 所高中）、K 市 6 所中学（2 所高中、4 所初中）施测。在施测中共发放问卷 1197 份，回收 1138 份，回收率为 95.07%。剔除无效问卷，剩余有效问卷 1081 份，有效率为 94.99%。被试的具体信息如表 5-1 所示。

对问卷调查所获得的数据运用 SPSS 11.5 统计软件进行数据管理与统计分析。

在数据处理中，我们分别以各个认知负荷影响因素为自变量，以学生情绪投入、心理投入和时间投入三个认知负荷考察指标的分数为因变量，进行逐步回归分析，进而探讨认知负荷各个影响因素对认知负荷的情绪投入、心理投入和时间投入三个指标的影响作用。

第二节　认知负荷各个影响因素对情绪投入的影响

一、认知负荷各个影响因素与情绪投入的相关分析

我们首先考察了认知负荷各个影响因素与情绪投入之间的相关情

况，表 6-1 呈现了认知负荷各个影响因素与情绪投入之间的相关系数。

表 6-1　认知负荷影响因素与情绪投入的相关（$n=1081$）

影响因素	情绪投入
学习评价	0.207 ***
智力因素	0.219 ***
学习材料	0.024
教学组织	0.256 ***
学习组织	0.350 ***
学习任务	0.091 **

表 6-1 显示：学习评价、智力因素、教学组织、学习组织等因素与情绪投入之间均存在极其显著的正相关（$p<0.001$）；学习任务因素与情绪投入之间存在非常显著的正相关（$p<0.01$）；学习材料因素与情绪投入之间的相关不显著（$p>0.05$）。

二、认知负荷各个影响因素对情绪投入的逐步多元回归分析

为了综合考察认知负荷各个影响因素对中学生情绪投入的预测作用，以被试在情绪投入维度的得分为因变量，以被试在各个影响因素维度上的得分为自变量建立回归方程，进行统计运算。在 SPSS 11.5 中运行回归分析后，得到的结果如表 6-2 所示。

表 6-2　认知负荷影响因素对情绪投入的回归分析（$n=1081$）

因变量	自变量	R	R^2	R_{adj}^2	ΔR^2	F	β	t
	学习组织	0.350	0.122	0.121	0.122	150.196 ***	0.286	8.474 ***
	学习任务	0.371	0.138	0.136	0.016	19.709 ***	0.100	3.143 **
情绪投入	教学组织	0.395	0.156	0.154	0.018	23.142 ***	0.155	4.908 ***
	学习材料	0.403	0.162	0.159	0.006	7.633 **	0.101	3.036 **
	学习评价	0.407	0.165	0.161	0.003	4.310 *	0.069	2.076 *

据表 6-2 的回归分析结果（预测作用从大到小）可知，智力因素没有进入回归方程，对情绪投入有显著正向预测作用的依次是学习组织、学习任务、教学组织、学习材料和学习评价。其中学习组织解释变异量为 12.2%，学习任务解释变异量为 1.6%，教学组织解释变异量为

1.8%，学习材料解释变异量为 0.6%，学习评价解释变异量为 0.3%，这五个变量联合解释变异量为 16.5%，说明这五个变量能联合预测情绪投入 16.5% 的变异量。

第三节　认知负荷各个影响因素对心理投入的影响

一、认知负荷各个影响因素与心理投入的相关分析

我们首先考察了认知负荷各个影响因素与心理投入之间的相关情况，表 6-3 呈现了认知负荷各个影响因素与心理投入之间的相关系数。

表 6-3　认知负荷影响因素与心理投入的相关（$n=1081$）

影响因素	心理投入
学习评价	0.451***
智力因素	0.444***
学习材料	−0.152***
教学组织	0.389***
学习组织	0.493***
学习任务	0.002

表 6-3 显示：学习评价、智力因素、教学组织、学习组织等因素与情绪投入之间均存在极其显著的正相关（$p<0.001$）；学习材料因素与心理投入之间存在极其显著的负相关（$p<0.001$）；学习任务因素与情绪投入之间的相关不显著（$p>0.05$）。

二、认知负荷各个影响因素对心理投入的逐步多元回归分析

为了综合考察认知负荷各个影响因素对中学生心理投入的预测作用，我们以被试在心理投入维度的得分为因变量，以被试在各个影响因素维度上的得分为自变量建立回归方程，进行统计运算。在 SPSS 11.5 中运行回归分析后，得到的结果如表 6-4 所示。

表 6-4　认知负荷影响因素对心理投入的回归分析 （$n=1081$）

因变量	自变量	R	R^2	R_{adj}^2	ΔR^2	F	β	t
	学习组织	0.493	0.243	0.242	0.243	346.063***	0.242	7.817***
	学习评价	0.548	0.300	0.299	0.057	87.919***	0.209	6.773***
心理投入	教学组织	0.575	0.330	0.329	0.031	49.106***	0.183	6.732***
	智力因素	0.588	0.345	0.343	0.015	24.536***	0.165	5.289***
	学习任务	0.598	0.358	0.355	0.013	21.004***	0.115	4.583***

由表 6-4 的回归分析结果（预测作用从大到小）可知，学习材料没有进入回归方程，对心理投入有显著正向预测作用的因素依次是学习组织、学习评价、教学组织、智力因素和学习任务。其中学习组织解释变异量为 24.3%，学习评价解释变异量为 5.7%，教学组织解释变异量为 3.1%，智力因素解释变异量为 1.5%，学习任务解释变异量为 1.3%，这五个变量联合解释变异量为 35.9%，说明这五个变量能联合预测心理投入 35.9% 的变异量。

第四节　认知负荷各个影响因素对时间投入的影响

一、认知负荷各个影响因素与时间投入的相关分析

我们首先考察了认知负荷各个影响因素与时间投入之间的相关情况，表 6-5 呈现了认知负荷各个影响因素与时间投入之间的相关系数。

表 6-5　认知负荷影响因素与时间投入的相关 （$n=1081$）

影响因素	心理投入
学习评价	0.149***
智力因素	0.091**
学习材料	0.068*
教学组织	0.133***
学习组织	0.269***
学习任务	0.128***

认知负荷各个影响因素与时间投入的相关结果如表 6-5 所示：学习评价、教学组织、学习组织、学习任务等因素与时间投入之间均存在极其显著的正相关（$p < 0.001$）；智力因素与时间投入之间存在非常显著的正相关（$p < 0.01$）；学习材料因素与时间投入之间存在显著的正相关（$p < 0.05$）。

二、认知负荷各个影响因素对时间投入的逐步多元回归分析

为了综合考察认知负荷各个影响因素对中学生时间投入的预测作用，我们以被试在时间投入维度的得分为因变量，以被试在各个影响因素维度上的得分为自变量建立回归方程，进行统计运算。在 SPSS 11.5 中运行回归分析后，得到的结果如表 6-6 所示。

表 6-6　认识负荷影响因素对时间投入的回归分析（$n = 1081$）

因变量	自变量	R	R^2	R_{adj}^2	ΔR^2	F	β	t
时间投入	学习组织	0.269	0.073	0.072	0.073	84.429***	0.268	8.044***
	学习任务	0.311	0.097	0.095	0.024	28.795***	0.125	3.764***
	学习材料	0.318	0.101	0.099	0.005	5.484*	0.090	2.639**
	学习评价	0.323	0.105	0.101	0.003	4.039*	0.069	2.010*

由表 6-6 的回归分析结果（预测作用从大到小）可知，教学组织和智力因素没有进入回归方程，对时间投入有显著正向预测作用的依次是学习组织、学习任务、学习材料和学习评价。其中学习组织解释变异量为 7.3%，学习任务解释变异量为 2.4%，学习材料解释变异量为 0.5%，学习评价解释变异量为 0.3%，这四个变量联合解释变异量为 10.5%，说明这四个变量能联合预测时间投入 10.5% 的变异量。

第七章 学生学习过程中认知负荷的理论辨析

第一节　学生心理努力调查表的维度及其信度、效度分析

一、学生心理努力调查表的维度构成分析

西方心理学界用心理努力作为认知负荷的检测指标很流行，由表1-2可看出，在近几年有重要影响的 26 项研究中，单纯用心理努力自

评作为指标的认知负荷测量有 20 项，占 76.9%，使用心理努力自评附加其他技术指标的研究有 4 项，占 15.4%，两类合计共占 92.3%，可见心理努力能够说明学习过程中学生的认知负荷状况。西方的研究不但表明了心理努力作为认知负荷的测评标准的可行性，而且很流行，大多数研究都是运用心理努力来测评认知负荷的。但西方心理学界对心理努力缺乏可操作性的界定，都是运用非常笼统的简单项目来测评的，把心理努力作为一个整体，没有划分具体的维度标准，这样在进行主观自我评定时，被试就很模糊，很难把握，不但给认知负荷的测评带来了操作性的困难，也影响了测评的信度和效度。我们结合我国学生的学习实际，在对学生进行深度访谈的基础上，明确地把心理努力划分为情绪投入、心理投入和时间投入三个维度。这三个维度在访谈中得到了印证，验证了我们的理论构建，同时这种具体的划分也方便了测评的操作，更有利于对学生学习中认知负荷的实际状况进行描述，进而划分学生认知负荷的水平类型，探索学生在学习过程中的认知负荷的侧重点，为教育实践提供依据。

我们自编的《学生心理努力调查表》是在前人研究的基础上对心理努力进行理论建构，并通过深度访谈得到了印证，用心理投入、情绪投入、时间投入三个维度作为衡量心理努力的指标来编制问卷的。通过一系列项目分析和验证性因素分析，最终形成了《学生心理努力调查表》，以此作为认知负荷测量的问卷工具。

问卷的 3 个因素命名如下：

因素一包括 B31、B23、B19、B30 和 B15，共 5 个项目，主要涉及学习过程中学生在控制不良情绪、调节不良心情上花费的心思和精力等，命名为"情绪投入"。

因素二包括 B5、B6、B35、B7 和 B9，共 5 个项目，主要涉及学生在各种学习任务、学习过程、认知过程中投入的精力、付出的努力等，命名为"心理投入"。

因素三包括 B8、B16、B20、B12 和 B18，共 5 个项目，主要涉及学生在学习过程中的各种学习任务上耗费的学习时间，故命名为"时间投入"。

学生心理努力调查表分为三个维度：情绪投入、心理投入和时间投入，这同别人对学习投入的结构划分有一些共同之处。学习者在学习上的投入指的是学生开始和执行学习活动时卷入的强度和情感的质量（Connell and Wellborn，1991；Skinner，1991）。投入既包括行为成分，又包括情感成分。投入可以表现为积极主动的行为（如努力、集中注意、坚持等）、积极的情感（积极、乐观、热情、高兴、好奇、兴趣等）、消极无力的行为（如回避、被动、反抗、放弃、逃避、无助、忽视等）和消极的情感（厌倦、愤怒、沮丧、焦虑和害怕等）。Miserandino（1996）指出行为和情感之间有着很高的相关：当一个人感到焦虑或悲哀的时候，就会从这种情境中逃离；当一个人感到有趣时，会更加努力。《学生心理努力调查表》中的情绪投入主要是指学生在应对自己学习过程中消极的情绪上花费的心理努力，而学习投入中的积极行为和积极情感的维持在我们的研究中进行了合并，并经过验证性因素分析得到了验证。此外，学习时间是考查学生学习状况的一个重要指标，我们的调查表中将时间投入单列出来进行考察。这是因为，时间投入同心理投入之间虽然有很大的相关，但它们之间也存在一定差异，心理投入考察的指标相对比较模糊，而对时间的投入可以进行更为精确的测量，可以对心理努力进行更为全面的考察。因此，从情绪投入、心理投入和时间投入三个方面来考察心理努力是比较合理的。

综上所述，情绪投入、心理投入和时间投入可以较好地反映心理努力调查表的结构，可以作为学生心理努力调查表的主要结构维度。

二、中学生心理努力调查表的信度和效度分析

从高达 0.80 的学生心理努力调查表的内部一致性信度看来，本调查表具有较高的信度。情绪投入维度项目的内部一致性信度为 0.721，

心理投入维度项目的内部一致性信度为 0.641，时间投入维度项目的内部一致性信度为 0.614。总体看来，中学生心理努力调查表的内部一致性信度和各个维度的内部一致性信度都是较高的，可以用来对中学生的心理努力状况进行测评。

从本调查表的效度检验来看，该调查表的效度是良好的。《学生心理努力调查表》的项目来源于深度访谈和在前人研究基础上的理论建构，并征求了学生、心理学研究生、教育心理学和心理测量学专家的意见，他们都认为本调查表可以用来调查学生的心理努力。因此，本调查表具有较高的内容效度。由表 4-6 可知，调整后的学生心理努力调查表的三因素结构模型（模型 2）的 χ^2/df 的值为 3.513，RMSEA 值为 0.053，GFI、AGFI、CFI、IFI 的值都在 0.87 以上。由表 4-7 可知最终保留的 15 个项目在各个相应维度上的载荷在 0.37～0.70，各个项目在相应维度上的 C. R. 值均在 7.69 以上，差异均非常显著（$p<0.001$）。上述结果表明，学生心理努力调查表的结构比较良好，达到了心理测量学的要求，是一个可以接受的、具有较好信度和效度的调查表。

综上所述，《学生心理努力调查表》是一个符合测量学标准的、可以广泛使用的调查表，它可以用来测查学生的认知负荷水平。

第二节　认知负荷影响因素调查表的维度及其信度、效度分析

一、学生认知负荷影响因素调查表的维度构成分析

我们在研究中自编的《学生认知负荷影响因素调查表》，是在前人研究的基础上进行理论构建并通过深度访谈加以印证，进而形成调查

问卷，再经过对测试中一系列的项目分析和验证性因素分析，最终形成的问卷的 6 个因素，命名如下：

因素一包括项目 A29、A38、A28、A48、A18 和 A62，共计 6 个项目。主要反映的是老师、家长和学生自己对学生成绩和学习的评价，命名为"学习评价"。

因素二包括项目 A32、A42、A43、A33 和 A53，共计 5 个项目。主要反映的是学生对知识掌握的快慢、知识提取的容易程度以及记忆保持的时间长短等，命名为"智力因素"。

因素三包括项目 A1、A2、A12、A51 和 A41，共计 5 个项目。主要反映的是学习材料的难度和性质，命名为"学习材料"。

因素四包括项目 A66、A46、A56、A26 和 A7，共计 5 个项目。主要反映的是教师的教学组织和对讲课的设计等，命名为"教学组织"。

因素五包括项目 A4、A8、A67 和 A13，共计 4 个项目。主要反映的是学生自己学习的组织、学习方法、学习技巧等，命名为"学习组织"。

因素六包括项目 A22、A21 和 A60，共计 3 个项目。主要反映的是学生在学习过程中感知到的学习任务的多少和轻重等，命名为"学习任务"。

经过验证性因素分析，结果表明学生认知负荷影响因素调查表具有较好的结构维度。下面，我们再从理论基础的角度对《学生认知负荷影响因素调查表》的维度进行分析讨论。

第一，对于认知负荷影响因素调查表的结构维度，可以从认知负荷的最重要的理论基础中得到解释。对于认知负荷理论来说，认知资源理论、工作记忆理论和图式理论是重要的理论基础。认知负荷理论主要是从资源分配的角度来考察学习任务，特别是复杂学习任务的。认知资源理论认为：人的认知资源是有限的，若同时从事几种活动，则存在资源分配的问题，分配遵循"此多彼少、总量不变"的原则。

对于复杂的学习任务，学生自身对学习的组织，特别是如何运用一些好的学习方法、技巧，对学习过程的合理安排和监控等会在很大程度上影响学生对认知资源的分配。同时，好的学习组织形式还有利于学生形成有效的学习图式，简化学习过程，降低对有限的认知资源的耗费。教师对教学过程的组织与设计，也会影响学生对学习资源的分配。学习过程中的各种认知活动均需消耗认知资源，若所有活动所需要的认知资源总量超过了个体所具有的认知资源总量，则存在认知资源分配不足的问题，出现超负荷现象，从而影响学习的效率和质量。学习材料的性质，包括学习材料的难度和数量，学习任务过轻或过重都可能会对学习过程中的认知负荷产生影响，进而产生过轻或过重的认知负荷，这些不适当的认知负荷强度也会影响学习的效率和质量。在同等任务水平和学习压力下，不同智力水平的学生需要投入的努力程度是不同的，往往智力水平越高的学生需要投入的努力程度越低，他们感受到的认知负荷的水平也会比智力水平较低的学生感受到的认知负荷的水平低。因此，个体的智力因素会影响他们对学习任务的投入，也会影响他们对自己感受到的认知负荷水平的评价。此外，个体所受到的家长、老师、同学和自己对自身学习状况的评价以及自己对成绩的期待等都会影响学生的学习动机、学习兴趣和学习投入，进而影响学习者对自己感受到的认知负荷的评价。因此，学习组织、教学组织、学习评价、学习材料、学习任务及个体特征中的智力因素等可以作为影响认知负荷大小的重要因素，这在我们对学生的访谈中也得到了验证。

第二，我们可以从认知负荷的类别来对影响因素调查表的维度进行分析。认知负荷包括外在认知负荷、内在认知负荷、关联认知负荷和元认知负荷。外在和内在认知负荷不利于学习，而关联认知负荷和元认知负荷则有利于学习。对于内在认知负荷，主要是受学习材料的难度和数量以及材料之间交互作用关系的影响，这在我们对中学生的访谈中也得到了证实。认知负荷的管理就是要减少外在认知负荷，优化内在认知负荷，扩大关联认知负荷和元认知负荷。不良的教学组织和学习组织会增加不利于学习的外在认知负荷，而良好的教学组织和学习组织就是要尽量减少外在认知负荷，尽可能地扩大关联认知负荷，同时对学习的监控也会增加元认知负荷。因此，从认知负荷的类别来说，我们通过访谈和对认知负荷理论分析得到的这些影响因素也是比较合理的。

综上所述，学习组织、教学组织、学习评价、学习材料、学习任务及个体特征中的智力因素等是中学生认知负荷调查表的主要维度，可以较好地反映《学生认知负荷影响因素调查表》的结构。

二、学生认知负荷影响因素调查表的信度和效度分析

我们采用了内部一致性系数和分半信度系数，来考察《学生认知负荷影响因素调查表》的信度情况，由表4-3可知，认知负荷影响因素调查表的内部一致性系数为 0.760，分半信度系数为 0.724。各个维度的内部一致性系数在 0.651～0.830，各个维度的分半信度系数在 0.642～0.826，这表明该调查表的信度达到了可接受的水平。由表4-11所报告的验证性因素分析可知，调整后的模型（模型2）的 χ^2/df 的值为 2.517，RMSEA 值为 0.047，GFI、AGFI、CFI、IFI 的值都在 0.9 以上。由表4-12可知，最终保留的 28 个项目在各个相应维度上的载荷在 0.43～0.80，各个项目在相应维度上的 C. R. 值均在 7.9 以上，差异均非常显著（$p < 0.001$）。上述结果表明，认知负荷影响因素问卷的结构比较良好，达到了心理测量学的要求，是一个可以接受的、具有较好信度和效度的调查表。

另外，我们反复修改各题项的语言表述，征求学生和教师的意见，让心理学专家和心理学研究生读题然后修改，这都使得调查表的用语和表达习惯更贴近学生的实际情况，更具有生态效度。

综上所述，《学生认知负荷影响因素调查表》是一个符合测量学标准的、可以广泛使用的调查表，它可以用来测查学生认知负荷的影响

因素。

第三节　认知负荷的水平与差异分析

一、认知负荷的测量指标与类型划分

在调查研究中，我们主要是采用自我评定的手段来检测学生的认知负荷状况。不论是心理努力的调查还是认知负荷水平的测量，我们均采用让学生自我评定的方法。在西方的心理学研究中，自我评定量表是应用最为普遍的测评工具，由表 1-2 的统计数字中可以看出，西方近年来有影响的认知负荷研究绝大多数都使用自我评定量表来评估认知负荷的程度，只有 Chandler 和 Sweller 在 1996 年的研究中运用次级任务绩效来测量认知负荷而没有使用自我评定的技术，其他的研究全部采用自我评定量表来评估认知负荷。虽然近年来，在认知负荷的测评中采用了诸如心率、瞳孔变化等技术手段，但也没有脱离自我评定的运用，仍然使用这些指标作为辅助来说明自我评定所测出的认知负荷水平。

在学生中能否用自我评定的方法来衡量认知负荷的水平呢？Paas 等（2003）认为，自我评定技术的前提条件是被试能够回顾反思自己的认知过程，并且能够口头报告自己所花费的心理努力程度。我们以中学生为例来研究学习过程中的认知负荷，研究对象是普通的中学生，其言语发展水平和思维发展水平特别是自我监控能力都有较好的发展，满足了 Paas、Tuovinen 以及 Tabbers 等（2003）所提出的技术前提条件。

在自我评定量表中，7 级量表在世纪之交运用得很普遍，但近年来西方主要使用 9 级量表，而在我们的研究中我们采用的是 7 级评分量表。我们与西方存在着文化差异，9 级量表中的评定标准从最高的非常

非常高的心理努力、非常高的心理努力到最低的非常低的心理努力、非常非常低的心理努力，而在中文中，学生很难区分非常高与非常非常高、非常低与非常非常低。故我们在《学生认知负荷自评问卷》中舍弃了两个极端的标准，而采用7级评分标准。这更符合我国的实际，也能让学生更加明了判断标准的差异。

在认知负荷的研究中，主观评定测量技术主要有心理努力主观评定、任务难度自我评定和紧张水平自我报告三种方法（Brunken et al.，2003）。其中，心理努力主观自我评定是认知负荷研究中应用最为普遍的测量手段（Paas et al.，2003）。用心理努力作为认知负荷的测评指标所建立的量表工具，其信度和效度都得到了良好的检验（Gimino and Elizabeth，2001）。但心理努力由哪些维度构成？哪些指标可以衡量心理努力的水平？我们在研究中提出，学生学习过程中的认知负荷可由心理努力来测量，心理努力包括心理投入、情绪投入和时间投入三个方面。通过对学生的访谈，印证了我们的理论构想。我们根据这三个维度编制了《学生心理努力调查表》，这样就克服了以往研究中用心理努力的笼统指标来衡量认知负荷的问题，使得认知负荷的测评更具有操作性。根据认知负荷测得的水平，我们把学生学习过程中的认知负荷按照水平程度划分为合理负荷、轻度超负荷、中度超负荷和高度超负荷四种，研究表明这种诊断具有良好的区分度。我们根据测量数据，为心理努力的心理投入、情绪投入和时间投入三个维度确立了各自的临界值，作为认知负荷的诊断区分标准。根据诊断标准划分认知负荷的水平类型，可以更清楚地分析学生认知负荷的状况，为教育实践提供了重要的参照意义。

二、中学生认知负荷差异的原因分析

我们的调查结果显示，初中生与高中生的认知负荷存在显著的差异，具体地说，就是初中生的心理投入显著地高于高中生（$p < 0.001$）；初中生和高中生在情绪投入和时间投入方面的差异不显著（$p > 0.05$）。

这种结果推翻了我们的原定假设，按照预想高中生的学习任务更重，时间也抓得更紧，所以高中生的认知负荷理应高于初中生。为什么会出现这种情况呢？

我们认为导致这种结果的原因主要有两个方面：第一，教育阶段的差异性是导致认知负荷不同的外在原因。初一的学生处于教育阶段的衔接处，刚刚从小学过渡到中学，需要一个适应过程。小学生与中学生在学习环境、学习氛围、学习内容、学习方法策略方面有很大差异，学习适应是每个刚进入中学的学生都要面对的问题。另外，小学教育和中学教育有很多不同的地方，如教育观念、教学方法、教学组织、教育内容等，这也要求学生去适应新的教育模式。这种适应必然会占用学生的心理资源，从而导致较高的认知负荷。第二，学生心理发展水平的差异是导致初中生与高中生认知负荷差别的内在原因。发展心理学的研究表明，初中生和高中生的思维是不同的，初中生的思维中虽然抽象逻辑思维开始占优势，但还属于经验型，他们的逻辑思维还需要感性经验的直接支持；而高中生的抽象逻辑思维则属于理论型，能够以理论为指导来分析综合事实材料（林崇德，1999）。这种思维水平上的差异是导致认知负荷差异的重要原因，在我们的研究中，已经验证了学生的个体特征包括智力因素以及记忆、思维、想象、注意等认知能力直接影响认知负荷。林崇德（1999）的研究还揭示了，从中学开始学生思维活动中的自我意识和监控能力逐步明显化，反省的、监控的思维特点从中学开始越来越明显。初中生与高中生在思维的监控性、反省性上也有高低的水平差异，这直接影响学生的关联认知负荷与元认知负荷，导致初中生把有限的认知资源分配给外在认知负荷与内在认知负荷较多，留给关联认知负荷与元认知负荷的资源空间就相对减少了。林崇德（1999）的研究得出的结论是，抽象逻辑思维的发展存在着关键期，抽象逻辑思维从初中生的经验型到高中生的理论型发展，是从初二年级开始出现转化，到高二趋向定型的；初二年级明显表现出"飞跃"、突变和两极分化，因此初中二年级是一个

"关键年龄"。由此看来，初一和高三学生处于思维转化的两极，在此基础上导致认知负荷差异也就不难理解了。

就学生人口学信息的差异而言，我们的研究结果表明，中学生中独生子女在情绪投入和时间投入上的得分比非独生子女低，独生子女在心理投入上的得分略高于非独生子女，但独生子女和非独生子女仅在时间投入上的差异达到了显著性水平，在情绪投入和心理投入上的差异不显著。这部分验证了我们的假设。这说明独生子女与非独生子女在学习中投入的情绪和认知等心理成分没有大的差异，区别在于独生子女投入的时间较少，而非独生子女投入的时间较多。独生子女把更多的时间用于了其他活动，如开阔眼界、发展自我、技能提高、娱乐游玩等。而非独生子女学习投入的时间多，从这个角度看，非独生子女在学习中相对较刻苦。

我们的研究结果显示男女学生的认知负荷差异没有达到显著水平，但这并不是说男女学生的认知负荷完全一样。男生在情绪投入和时间投入上的得分都高于女生，而女生在心理投入上的得分高于男生。学习过程中女生更"专心"，不少有经验的教师也反映女生听课更认真，思维能跟着老师的教学节奏，说明女生在注意、记忆、思维和意志努力上下的工夫更大、投入更多。

三、学生认知负荷的现状分析

为了使我们的研究更符合实际，也为了给"减负"提供更直接的依据，我们创新性地把心理努力三个维度的临界值作为诊断标准，来对学生学习过程中的认知负荷进行明确的诊断。我们以心理负荷自评问卷作为效标，结果证明我们的诊断标准具有良好的区分效度。我们首次依据情绪投入、心理投入和时间投入的临界值把中学生的认知负荷划分为合理认知负荷、轻度认知超负荷、中度认知超负荷和高度认知超负荷四种水平类型。

通过大样本调查得出结论：从总体上来看，大多数学生是认知超负荷的，认知超负荷的学生占 66.5%，其中中度以上认知超负荷者占 37.5%；与高中生相比初中生的认知超负荷更为严重。认知超负荷的初中生占 72.8%，其中中度以上认知超负荷的初中生占 42.8%；认知超负荷的高中生占 60.3%，其中中度以上认知超负荷的高中生占 32.2%。学生学习过程中的认知超负荷相当普遍，有一多半的学生的认知负荷属于"超载"，这应该引起教育工作者的注意。值得庆幸的是，情况还没有达到可怕的程度，中度以上认知超负荷的学生只占 37.5%，高度认知超负荷者仅占 14.3%，严重认知"超载"的学生只是少数。这与几年前研究者的调查结果有所不同，可能是新课改产生的结果。新课程改革已经精简了教学内容，降低了部分教学内容的难度，减少了作业量。在我们对 51 名中学生的访谈中，有 35.3% 的中学生认为学习内容过多，所以认知超负荷并非想象的那么严重。如前所述，初中生存在对中学教育的适应问题，他们的思维发展处于过渡时期，抽象思维还属于"经验型"，这无形中加大了初中生对学习的投入，从而导致初中生的认知负荷高于高中生。

就心理努力的单维度标准来看，学生的认知超负荷主要集中在心理投入上，我们的研究结果显示，学生心理投入的认知超负荷检出率高达 48.7%，而情绪投入的超负荷检出率只有 33.5%，时间投入的超负荷检出率为 36.4%。我们确定临界值的标准是总得分排序的 1/3 处分数值，据此来看，心理投入的超负荷检出率超过诊断标准的将近 50%，而情绪投入和时间投入的超负荷与诊断标准比较吻合。由此看来，学生认知超负荷主要集中在心理投入上，这也与我们的理论构建相吻合。在心理努力的三个维度中，心理努力是最为核心的成分，学习过程中，学生投入的注意、感知、记忆、思维、想象等认知成分和意志努力是最为重要的，没有这些成分，学生就无法进行认知加工，也就谈不上学习了。这也表明，在学生学习过程中的认知负荷中心理投入是最为重要的，要提高学生的学习效率，就应该针对学生的心理投入来采取措施，要减轻学生的学习负担也应该从心理投入着手。

第八章 认知负荷的教育对策

第一节 认知负荷的教学设计

　　有效地教（effective teaching）和有效地学（effective learning）是现代教与学所追求的目标。如何实现有效地教？这涉及多个学科问题，其中严谨的教学设计是有效地教的关键，而认知负荷理论是教学设计的理论支撑，认知负荷的许多理论已经成为教学设计应遵循的原则，国内外有关认知负荷在教育实践中的实证研究成果逐步成为教学设计的重要依据。

为什么要进行教学设计？认知负荷理论是教学设计的理论支点，精心设计教学就是要尽量减少教学组织形式本身给学生带来的外在认知负荷，尽量节省学生的认知资源，这与现代教育追求经济成本与经济利益的理念是相吻合的。学习过程中学生的心理投入也是一种成本，也应该讲究经济学原则追求投资利益最大化。在实际教学过程中，不少教师很少深入考虑教学设计，总是按部就班地上课、辅导，岂不知自己的教学组织过程本身加重了学生学习的额外负荷，直接降低了教学效率。辛自强和林崇德（2002）明确指出，教学设计者还应该把那些不重要的信息，或者可有可无的信息从教学材料中消除掉。

一、追求高效能教学模式

认知负荷直接关系着教与学的效能，可以说认知负荷是教学效率的一个重要指标。Paas 等（2003）运用学习绩效和心理努力来衡量教与学的效能（E），他提出了一个公式：

$$E = Z_{绩效分数} - Z_{心理努力分数} / \sqrt{2}$$

式中，$\sqrt{2}$ 来源于计算从一点 $P(x, y)$ 到直线（$ax + by + c = 0$）计算的总公式。

Paas 等（2003）用坐标图来形象地显示效能的高低，如图 8-1 所示。图中横轴代表学与数的心理努力，纵轴代表活动的绩效，由图 8-1 中可以得到四种教与学的效能模式：

模式一：高绩效，低努力。（左上角区域）

模式二：高努力，低绩效。（右下角区域）

模式三：低绩效，低努力。（左下角区域）

模式四：高绩效，高努力。（右上角区域）

图 8-1 中 A、B、C 三点，A 点的绩效最高而心理努力的程度最低，获得了高的效能；C 点的绩效最低而心理努力程度最高，获得了低的

效能；B点的效能则居中。模式一属于高效能模式，在教与学中最为省力；模式二属于低效能模式，在教与学中最为笨拙；模式三是教与学中最为懒惰的模式；模式四在教与学中最累。教与学应追求第一种模式。

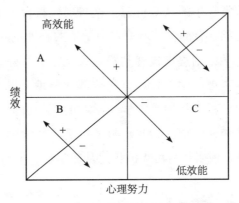

图 8-1　认知负荷与教学效能关系图

在此基础上，Paas 等（2005）进一步研究了心理努力与绩效的关系。心理努力可反映出学生在教与学中的心理卷入程度，并绘制出心理努力与绩效的关系图。他们力求把教与学过程中学习者的动机、心理努力进行量化，将学生在教与学中的心理努力和绩效的分数标准化，得到心理努力的 Z 分数 R 和绩效的 Z 分数 P，每个学生在教与学中的心理卷入程度 I 分数可以用下面公式进行计算：

$$I = R + P/\sqrt{2}$$

他们利用这个公式进行了实证的对比研究实验，分别计算出学生的心理卷入程度，进而分析学生在学习中的心理努力状况，从而揭示学生在学习中的认知负荷程度。

根据 Paas 等人的教学效能模式以及认知负荷的教学研究成果，教师在教学设计中要分析教与学的成本效益，特别是学生的心理努力成本，尽量减少学生的外在认知负荷，扩大学生的关联认知负荷与元认知负荷，精心组织教学，从而使教学效能最大化。

Paas 等（2003）结合认知负荷的研究所提出的最佳教学效能模式是每位教师应该追求的目标。在传统的教学设计中，很多教师过多地考虑的是自己如何讲得好，如何讲得新颖来吸引学生，却很少考虑学生的认知负荷会对学习产生什么样的影响作用。认知负荷研究为现代教学设计提供了新的视角，教学设计应该关注学生不同认知负荷成分的起因与作用，这与现代教育以人为本以及人本主义教育理念中以学生为中心的教育呼声是相呼应的。

二、精心设计教学样例

在第一章第三节中我们介绍了认知负荷在教学中所带来的一系列效应。样例是教学中常见的教学手段，Renkl 等（2009）认为，认知负荷理论的一个经典教学效应就是样例效应。

但教学中怎样精心设计样例才能促进学生的知识构建？怎样防止样例加工带来额外的认知负担，防止增加学生的内在认知负荷？怎样使用样例？什么时机使用样例？防止样例教学产生消极效应从而促进教与学的效率等诸多问题，是每位教师都应该深入思考的。

学生学习必定会产生认知负荷，有些认知负荷干扰学习，有些认知负荷则促进学习。教学设计就是要降低干扰学习的认知负荷，扩大促进学习的认知负荷。而样例教学则是降低认知负荷的常用技术，正如认知负荷理论的权威专家 Paas 等（2003）所指出的：运用精心设计的样例而不是解决同等问题被视作最早也许是最好的一种降低认知负荷的技术手段。

根据认知负荷理论及其实证研究，在教学中设计样例和使用样例应注意以下几点：

首先，设计教学中的样例要考虑学生的先行知识。

学生已有知识经验水平是教学设计的重要依据，要使样例在学生学习过程中能够支撑知识的建构，充分发挥样例的支架作用，就必须使样例与学生已有知识相结合，精心设计教学中使用的样例，发挥样例的积极作用，防止样例的消极效用。既不能使样例脱离学生已有的知识经验出现"缺口"，这样的样例发挥不了支架作用，也不能使样例与学生的已有知识"重叠"太多，这样的样例就会产生消极效应。大量的实验研究证明，缺乏先行知识的学生进行探索练习要比样例学习具有更低的学习效能。Morrison 和 Anglin（2005）认为，对于有经验的学生来说，探索练习会比样例学习导致更多的心理卷入。也就是说探索练习会比样例学习导致更高的认知负荷水平。由此看来，精心设计教学中的样例可以减少学生学习过程中的认知负荷。

Morrison 和 Anglin（2005）通过实验还证明，基于问题的学习（problem-based learning，PBL）与样例学习为教学设计提供了两种方略。基于问题的学习能够提供丰富的实际内容从而让学生去探索各种选项，而样例学习为学生提供了一种指导方法。

这些研究成果揭示，缺乏先行知识（prior knowledge）时最好从样例学习开始，然后转向基于问题的学习环境以便逐步增加学习者的心理卷入和心理努力，防止认知负荷超载，从而提高学习效率。

其次，样例设计要考虑样例的类型及功能。

教学样例的设计与使用还要考虑教学的内容、时机以及学生的学习阶段和心理发展水平等因素。根据不同情况，设计不同的教学样例，在最佳时机使用教学样例。教学样例的不同类型在不同阶段会对学生的学习产生不同程度的影响。

赵俊峰和丁艳云于 2009 年以初中生为被试，就教学中不同样例类型对学生学习的影响做了实验研究，结果证明：就近学习迁移效果而言，低分组同学在基于过程样例地学习后，其近迁移效果显著好于基于结果的样例学习效果；就不同样例的组合效果而言，在低分组中，两个基于过程的样例学习近迁移效果最好；而高分组中，先过程后结果的样例学习后近迁移成绩最好；就远迁移效果而言，基于过程的样例学习效果好于基于结果的样例学习效果；就不同样例的组合效果而言，低分组被试在先过程后结果的样例学习后远迁移成绩最好；而高分组被试在先结果后过程的样例学习中迁移成绩最好。

最后，使用样例教学要进行精加工训练。

教学样例的设计已经成为一种教学技术手段，它不但可以帮助学生理解学习内容、支撑学生的知识建构，而且可以作为一种训练手段来帮助学生进行图式构建和提升图式自动化水平，从而减少干扰提高学习效率。

Kirschner（2002）认为，可以通过学习精心设计的样例来增加关联认知负荷；通过样例的精加工训练来减少认知干扰和降低认知超负荷。作为一种教学手段，教学样例对学生的学习起着定向、引导、支撑、链接、促进等作用，但前提是学生要对教学样例进行深加工，在学习过程中学生如果忽视了教学样例，样例就不可能起到应有的作用。为此，教师应该指导学生对教学样例进行精加工，传授精加工的策略与方法、指导提取样例的主导信息、分析样例的结构、链接样例前后的知识联系。

三、根据认知负荷理论设计教学策略

认知负荷理论为教学设计提供了理论支撑和崭新视角，在教学中的大量的实证研究不但创立了不少新的教学策略，还验证了这些教学策略的实效。Sweller（1994）认为可以通过教学设计来操纵学习与问题解决所面临的认知负荷。根据认知负荷理论，教学策略的设计应注意运用自由目标效应、样例学习效应、问题完成效应、分割注意效应、感觉通道效应和冗余效应来尽量减少外在认知负荷；利用变式效应、自我解释效用、想象效应和交互作用效用来极力扩大关联认知负荷；运用序列效应和渐减支持效应来管理内在认知负荷。

在实证研究的基础上，认知负荷理论的心理学家们为教学设计奠定了坚实的理论基础，并发展起来了一系列教学设计新原则。认知负荷理论的教学设计原则主要有：①多重呈现原则，文字和图画结合来呈现内容要比单独用文字呈现内容要好。②邻近原则，当呈现多媒体解释内容时，最好是把文字和相应的图画同时呈现而不是把文字和图画分开来呈现。③分割注意原则，当呈现多媒体解释内容时，最好通过听觉陈述来呈现文字内容而非通过视觉在屏幕上来呈现文本内容。④个体差异原则，上述几个原则对于知识水平较低的学习者来说尤为重要，对于空间能力高的学生而非空间能力低的学生来说更为重要。⑤连贯性原则，当呈现多媒体解释内容时，尽量减少无关的文字与图片。⑥感觉通道原则，学生通过动画加叙述的学习效率要比动画加文本的方式更为有效。⑦个性化原则，当叙述是以谈话的方式而非正规方式进行时，学生通过动画加叙述的方式来学习效率更高。⑧冗余原则，学生通过动画加叙述的方式要比通过动画、叙述加文本的方式的学习效率更高。这些具体而实用的教学设计原则为我们在教学实践中设计教学提供了操作性极强的技术路线。

认知负荷理论的心理学家们还针对不同的学习材料、阶段，提出并验证了具体的教学策略。Renkl 等（2009）指出，认知负荷理论的基本教学设计原则是：通过运用样例来减少外在认知负荷；通过发展自我解释使关联认知负荷最大化；在学习材料困难时通过提前训练来防止认知超负荷；把注意力集中在材料最有价值的方面。Morrison 和 Anglin（2005）通过实验证明，呈现两种综合的但非多余的外部表征（口语和视觉）要比单一的外部表征（口语或视觉）更能促进学生的学习，会使学生产生高水平的学习绩效和投入较少的心理努力。他们建议教学设计者多使用特别形式的交互作用（如组织事件原因链条）和反馈（如框架连框架）来进行教学。张春莉（1999）认为，对复杂的学习任务，教师在教学中应加以分化，从而减轻学生的课业负担，保证学生既轻松又有效地学习。辛自强和林崇德（2002）认为当教学中需要图表和文本等多种信息资源时，应该把它们整合在一起，而不是把注解文字放在图的外面或其他地方，否则学生将不得不在文图之间分配注意，影响学习速度。

教学策略的设计不是一成不变的，也不是一劳永逸的，教师要根据教学条件、教学对象、教学环境等因素的变化来调整教学策略，对教学策略进行重新设计从而保证教学策略的效用。Sweller（1994）认为在学习材料的内容元素高度交互作用引发高水平内在认知负荷的情况下，降低干扰学习的外在认知负荷才是教学设计所要考虑的问题。而在学习材料内容元素低交互作用引发的是较低的内在认知负荷的情况下，重新进行教学设计不会有明显的效果。Morrison 和 Anglin（2005）指出，设计精细练习策略能够提高关联认知负荷并促进专长的发展，教师根据学生的表现和对认知负荷的主观测量作出适当的教学策略选择将会大大提高他们的学习效率。

基于认知负荷理论的教学设计（CLT-based instructional design）对传统的教学设计既是一种挑战又是一种划时代的改变。Kirschner（2002）认为，原来的教学设计是这样做的：减少教学材料从而引发较低的内在认知负荷，或者设计恰当的教学程序从而引发较低的外在认知负荷。这种教学设计将被改进成鼓励学生在清醒状态下从事与图式建构相关的认知加工。

四、设计多媒体教学

在现代教学中，多媒体教学是常见常用的教学形式，随着现代科技的发展与普及，在各级各类教学中已经广泛使用到了多媒体。多媒体教学涉及的教学设计问题最多，纵观国内外有关教学设计的发展，很多教学设计都是源自多媒体教学问题，相当多的认知负荷应用研究也是针对多媒体教学的。在多媒体教学中如何设计教学？如何制作课件？如何调动学生多种感官参与学习？如何降低干扰学习的认知负荷？如何增加促进学习的认知负荷？等等诸多问题，都是教师在设计多媒体教学的过程中需要斟酌的。

多媒体教学设计中不能过分追求花样翻新、怪异奇特，因为这样会导致额外的外在认知负荷而干扰正常的学习。多媒体网络教学软件的设计不应一味地追求媒体的多样性，而应考虑如何将复杂的信息以适当的形式呈现给学生，尽量减少信息的冗余，从而达到最优的教学效果。多媒体网络教学的设计还应考虑学生在能力和学习风格上的个体差异，进行不同内容、形式的教育，以实现教学个别化（许晓丽和方立，2001）。

Schnotz 和 Rasch（2005）明确指出，多媒体教学中的动画片虽然很吸引人，但并不总是有利于学习的，因为动画片往往在无形中调整着学习者的认知负荷，阻碍对必要信息的认知加工。

Mayer 等人（Mayer and Moreno，2003）针对多媒体教学中常见的任务形式提出了减少外在认知负荷的方法以及所产生的学习效应，实际上也是多媒体教学设计的具体方法，如表 8-1 所示。表 8-1 给我们的多媒体教学设计带来了很多启示，我们可以直接借鉴其中的很多方法来设计多媒体教学。

表 8-1　多媒体教学中五种超负荷脚本的降低负荷方法

超负荷脚本	降低负荷方法	研究效果
类型一：视觉通道中基本加工＞视觉通道的认知容量 基本加工要求引起的视觉通道超负荷	降低负荷：把一些基本加工从视觉通道中移入听觉通道	感道效应：单词以旁白形式呈现时比以屏幕文本形式呈现时信息传递得更好
类型二：基本加工（两个通道内）＞认知容量 基本加工引起的两个通道都超负荷	片断法：允许在连续呈现的大小合适的片断之间有时间间隔	片断效应：学习者可控制片断呈现时比连续呈现时效果更好
	提前训练法：提前培训元素的名称和特点	提前训练效应：当学生知道系统元素的名称和特征时效果较好
类型三：基本加工＋附属加工（无关材料引起的）＞认知容量 基本加工和附属加工（处理无关材料）引起的一个或两个通道超负荷	清除法：消除有趣但无关的材料来降低无关材料加工	连贯效应：不包括无关材料时效果较好
	标识法：对如何加工材料降低无关材料加工提供线索	标识法：有标识时效果较好
类型四：基本加工＋附属加工（由迷惑性呈现引起的）＞加工容量 基本加工和附属加工（处理迷惑呈现）引起的一个或两个通道超负荷	对齐法：将单词和对应图片接近以减少视觉搜索	空间接近效应：单词和图片接近时效果较好
	消除冗余：避免呈现附属的打印或口述单词	冗余效应：单词以旁白形式呈现时比同时呈现旁白和荧屏文本效果要好

超负荷脚本	降低负荷方法	研究效果
类型五：基本加工＋表征保持＞认知容量 由于基本加工和表征保持而使一个或两个通道超负荷	同步进行法：同时呈现旁白和相应的动画时记忆中保持表征的需要最小化 个人化：确认学习者有保持心理表征的技巧	时间接近效应：同时呈现旁白和动画要比连续呈现效果好 空间能力效应：高空间学习者比低空间学习者从设计良好的教学中受益更多

五、设计教学语言

教学语言表达的清晰准确是教师职业的基本功，教学语言不仅能传递知识信息，而且本身就是信息，也能引发学生的外在认知负荷。因而，教师还要设计教学语言，以避免学生由于对教学语言的加工而额外占用更多的认知资源。

（一）教学语言要追求艺术性

有经验的教师曾总结概括出教师的语言艺术要追求"六性"，做到"八戒"。

教师语言艺术的"六性"是指：

逻辑性：叙事说理，条理清楚，言之有物，全面周密；

形象性：描人状物，有声有色，神态逼真，细腻动人；

感染性：谈话范读，情真词切，平易流畅，真挚感人；

趣味性：借助手势，穿插事例，比喻新颖，生动有趣；

精确性：发音准确，吐字清晰，措词精当，惜话如金；

启发性：举一反三，弦外有音，留有余地，循循善诱。

教师教学语言要做到"八戒"：

一戒拖泥带水：表现出拉里拉杂，尽说与题无关的废话；

二戒颠三倒四：表现出疙里疙瘩，尽说文理不通的胡话；

三戒满口术语：表现出文白相夹，尽说故作高深的古话；

四戒滥用辞藻：表现出花里胡哨，尽说华而不实的巧话；

五戒不懂装懂：表现出或许大概，尽说模棱两可的混话；

六戒干巴枯燥：表现出平淡乏味，尽说催人欲睡的淡话；

七戒挖苦讥笑：表现出低级趣味，尽说不干不净的粗话；

八戒陈词滥调：表现出生搬口号，尽说八股味浓的套话。

课堂教学的语言表达是一门艺术，教师要不断锤炼自己的语言表达艺术，提炼言语表达的策略，"艺无止境"，这是整个教师职业生涯的任务。

（二）设计表情语言

在课堂教学中，口头言语是教师最常用的言语表达方式，除此之外，教师还可利用其他言语表达方式来渲染气氛、传递信息。表情语言是教师课堂教学中常用的辅助言语表达方式。表情语言主要包括面部表情、身段表情、手势表情（手势语）三种形式。

教师在设计课堂表情语言时要注意与情境气氛和内容意境相吻合，不能为表演而表演，防止过多的表情语言出现，否则会增加学生的外在认知负荷。教师在课堂上使用表情语言时要注意做到自然、庄重、大方，忌做作，既不能显得僵硬，也不能手舞足蹈、挤眉弄眼。表情语言的运用是为了提高学生的理解效率而不是为了逗学生发乐。

（三）设计教学语言特色，凝练教学言语风格

每个教师的人格特点有很大差异，思维风格与认知风格各有特点，在教学实践中形成的教学语言特色也各不相同，尽管如此，根据认知负荷理论来设计自己的教学语言特色，逐步凝练成自己的教学言语风格还是十分必要的。

当然，教师的教学言语风格各有特色，没有绝对意义上的好与坏。例如，有的教师引经据典、滔滔不绝、长于雄辩；有的教师活泼幽默、言简意赅、长于风趣；有的教师慢条斯理、娓娓道来、长于解说。但不论什么样的教学言语风格，基本原则都是简练、清晰、准确、形象。教师课堂的语言会影响学生认知加工的速度与质量，教师好的语言表

达会方便学生的认知加工，产生的认知负荷较小；而教师不良的言语表达则会干扰学生的认知加工，还会产生较重的认知负荷，降低学生的学习效率。所以教师要根据自己的特点与内容意义来设计自己的课堂教学语言特色。

(四) 设计副语言

教师在教学中使用语言表达传递信息的同时还会运用副语言来辅助信息的传递，副语言是指在语言使用中的声调、节奏、速度、重音和修辞等信息传递符号系统。副语言也需要学生进行认知加工，故也会引发认知负荷，所以教师还要注重对这些副语言进行精心设计与运用。

第一，教师在教学中要注意声调与重强音的设计与运用。如果一直使用弱音，学生听不清楚，要进行认知加工就需要投入更多的心理努力，从而引发高的认知负荷；若一直使用高强音，学生对这种强刺激的加工心理投入也很多，会产生很累的感觉。在声调上也要有所变化，平铺直叙，没有声调上的变化很容易使学生的大脑产生抑制。因此，教师在教学中的声调要有起有伏，抑扬顿挫，力争做到：高时慷慨激昂，低时和风细雨；抑如平湖积水，扬若天女散花；顿似金戈铁马，挫像雷霆万钧。

第二，精心设计灵活运用节奏与停顿等副语言。教学中，教师的言语表达节奏不宜过快，也不能过慢。教学语言过快，学生有应接不暇的感觉，理解不及，容易形成课堂听课中的认知障碍，会使学生加大心理投入从而引发高认知负荷；教学语言过慢，则信息量少，易分散学生的注意力，且形成学生对教学信息加工的消极心理等待，也不利于学习。因此，教师在教学中的言语表达要做到节奏平稳适度。在副语言的设计上，教师要适当设计和灵活运用停顿。新手（novice）教师害怕停顿，担心停顿会使学生怀疑自己对教学内容的熟悉程度，其实适当的停顿不仅有利于学生记笔记，而且使学生有思考反应的时间，有利于学生集中注意力。当然，停顿讲究时机与场合，不能打断信息表达的完整性，也不能时间过长。

第二节 认知负荷的学习设计

学习设计（design of learning）相对于教学设计（teaching design）而言，不论是其理论研究还是实践应用，都是非常薄弱的环节。教学设计不论是在国外还是国内，都有丰厚的研究成果，既有理论原理又有原则方法，在教学实践中也得到了深入推广。而学习设计在国内外几乎是一个空白，既没有相应的理论观点，也欠缺实证研究，在学习实践中更缺乏应用与推广。

学习设计是一个崭新的、有待于开发与研究的领域，认知负荷理论及其研究成果为学习设计带来了很多启示。在学习设计中，学生要根据自己的特点与学习内容和环境来设计自己的学习，不能总是随大流，要对自己的学习活动作出符合自己特点的安排。

一、调整学习活动的心理投入，优化认知负荷

在认知负荷中，心理投入是最为核心的成分，前面的实证研究结果也表明，在学生的认知超负荷中，心理投入的超负荷检出率是最高的，超过了诊断标准将近一半。高度超负荷的心理投入会降低学生的学习效率。Sweller（1994）认为当内在认知负荷较低时，如果认知负荷的总量不是太大，即便有较高的外在认知负荷也没有关系，因为学生这时能够轻易地处理元素低交互作用材料的任何形式的表征。如果由于材料内容元素的高度交互作用引发较高的内在认知负荷，这时再加上较高的外在认知负荷，认知负荷的总量必定会大大超过学生的认知资源限制，从而导致学习失败。这就提醒我们在提高学习效率时，首先应该考虑自己的心理投入情况，学习活动的组织不能忽视心理投

入程度，如果自己的心理投入超负荷了，就应采取短暂的间歇、放松、娱乐、躯体运动等形式来调整心理投入，反之，当心理投入不够时，应该采取有效的措施来加大心理投入。

对学习设计而言，学习者首先应该明白自己的认知负荷是一种"投资"，是学习中最重要的成本，是学习的根本保证；还要明确自己认知负荷的构成与核心成分。学习是讲究效益的，自己在学习中的"投资"应追求最佳效益，自己的负担过重时应分析究竟是心理投入过重，还是情绪投入过重，抑或是时间投入过多，根据具体情况来调整自己的心理努力。当然也包括自己在学习中心理努力不够时，要分析是应该加强心理投入还是情绪投入或者时间投入。不论哪种情况，都应该明白心理投入是最重要的。所以学习过程中的心理调整往往是心理投入的改变，这实际上就是学习设计。

二、加强图式建构与自动化，促使知识系统化

提出认知负荷理论的著名心理学家 Sweller（1994）曾指出，在考察学习中的智力活动时，图式获得与自动化是最基本的学习机制。学生通过学习获得图式并经过一定形式的训练使图式自动化，既是学习的结构，又是学习的条件。图式的获得与自动化需要占用认知资源，形成关联认知负荷从而促进学习。根据认知负荷理论，图式建构与自动化可以"腾出"更多的认知资源用于信息的表征与加工。Kirschner（2002）通过研究得出结论，在认知结构中通过把多重信息元素编码成为一个大的信息元素、通过自动化原则或者通过使用一个以上的表征通道可以克服工作记忆容量的限制。辛自强和林崇德（2002）研究认为，如果需要加工的材料与一个自动化的图式相结合，工作记忆的负荷就低；如果学习者已经获得了合适的自动化图式，认知负荷被降低，就会解放出一定的工作记忆资源；相反，如果学习材料的元素在工作记忆中必须作为彼此独立的元素进行加工，那么由于没有图式可以利用，就会加重认知负荷。

图式获得与自动化一方面可以促使认知任务中多个单位较小的信息元素合并为一个单位较大的信息元素来进行独立加工以节省认知资源；另一方面可以提升认知加工的速度与质量，这是实现快速而高效率学习的基本机制。

通过元认知训练与元理解监测准确性提高不仅可以大大加速图式的构建与自动化，又可监督、调节认知活动过程，这样就会提高促进学习的元认知负荷。赵俊峰和韩婷婷于2010年通过实验证明：延迟回忆与延迟关键词均能提高元理解监测的准确性，术语特定性判断比全局判断更能提高元理解监测的准确性（所谓全局判断是指被试读完文章以后，判断对于文章的整体内容的理解程度；所谓术语特定性判断是指要求被试读完文章以后，针对文章中具体术语的理解程度进行判断）。

三、精心设计学习策略，提高学习效率

学习策略是指在特定学习情境中学习者指向学习目标并结合自身特点而采取的学习活动方式。学习策略是实现高效率学习的基本保证。学习活动体现出"学无定法，但有法可鉴"，有大量的学习策略可以借鉴。学习活动中的通用学习策略、精加工策略、组织策略，以及感知策略、记忆策略、注意策略、思维策略等具体策略在与学生自己的特点结合后能发挥更大的效用。

赵俊峰和吕英于2008年通过对初中生的学习进行的实验得出结论，文章结构标记对学生的认知负荷存在显著影响，学生在阅读无文章结构标记说明文时的认知负荷显著高于阅读完整文章结构标记说明文时的认知负荷；文章难度的加大显著增加被试的认知负荷；当以线性文本呈现时，低阅读水平被试的认知负荷显著高于高阅读水平被试。在阅读理解中，学生使用恰当的策略如标记、画线、列表等能降低认知负荷，提升学习效率。赵俊峰和郑欢欢于2008年通过对高中生的学习进行的实验认为，在多媒体教学中学生运用最多的五种精加工策略

是"联想"、"想象"、"下划线"、"记笔记"和"回答问题"。

当然学习策略存在活学活用的问题，同一种策略对不同学生、不同学习时段来说，效用是不一样的。学习者要根据自己的实际情况尤其是自己的学习风格（learning style）来选择、调整学习策略，使其发挥最大的效用。学习策略的效用也可以通过训练来提升，赵俊峰和李梅（2009）通过对初中生学习文言文进行的实验表明，元记忆训练对初中生记忆成绩的迁移、保持和记忆策略的使用有促进作用。

四、加强学习时间设计，提高时间投入的产出

学习者要对学习活动进行设计，突出重点，要明确每个时段解决什么问题、达成什么结果。对学习时间作出设计，目的一是明白每个时间段的主导任务，二是明确学习中的心理投入量，三是提升时间投入的效能。很多学生在学习中不能把精力集中在重要内容与活动上，学习的时间不短但效率很差，或是"身在曹营心在汉"注意力不集中，只是在"消耗"学习时间，活动的无序混乱往往导致学习效率低下。

第一，要充分利用黄金时间。不同的时间段学习的效率是不同的，研究表明，第一个学习高效期是在清晨起床后，第二个学习高效期是在上午8点到10点之间，第三个学习高效期是在下午6点到8点之间，第四个学习高效期是入睡前一小时。

第二，扩大时间投入的比值。在学习中有三种时间，一是规划时间，即计划安排学习的时间，是一种预算时间；二是消耗时间，即学习全过程所实际占用的时间，是一种"毛"时间；三是投入时间，即学习过程中集中注意进行心理和情绪投入的时间（图8-2）。

图8-2中外圈椭圆A代表规划时间，中圈椭圆B代表消耗时间，内圈椭圆C代表投入时间。要提高学习效能，就要提升投入时间在学习时间中的比值，C值越大，学习的效能就越高。所以学习不是看总共花费了多少时间，学习效率主要取决于投入时间的比值。

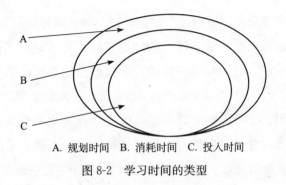

A. 规划时间　B. 消耗时间　C. 投入时间

图 8-2　学习时间的类型

第三节　认知负荷与教学改革

　　认知负荷的类型划分表明教学内容和教学组织形式是产生认知负荷的重要因素，这就要求在教学内容的取舍上要依据认知负荷研究的成果；不合理的教学组织往往会产生大量的外在认知负荷，这为教学方法和教学过程组织的改革指明了方向；认知负荷学习效应的研究证实了样例教学的优点以及在学习后期所产生的各种消极作用，它的支架作用、注意分割、冗余效应等为教学过程中样例的设计、运用的时机、场合以及对象都提供了重要的参考。所以，认知负荷的研究对教学内容的改革、教学组织与方法的改革、教师教学观念的更新等都有十分重要的启示意义。

一、认知负荷与教学观念的更新

　　观念的改变是最难的，有时甚至是根深蒂固的。随着教师职业生涯的发展，教师的教学观念会越加巩固，特别是熟手教师和专家型教师，由于积累了较丰富的教学经验，形成的有关教学的认识与看法就更加稳定，所以更新这部分教师的教学观念难度就更大。认知负荷理论的发展与研究从一开始就是将教与学紧密结合在一起的，结合教师的教学，认知负荷理论取得了丰硕的成果，也孕育产生了新的教学理念。

教师的教学观念要随着时代的发展和教学规律的逐步发现而改变，经验的东西并不都是科学的，过去有用的教学经验在新的条件下并不一定适用，这就需要教师重新审视自己的教学经验，扬长避短，更新教学理念，跟上时代的发展。认知负荷理论及其研究揭示了许多学习效应，要求教师在教学中要发挥积极效应防止消极效应；认知负荷理论的结构呼吁教师重新审视学生学习过程中学业负担的实质，寻找减轻学生学业负担的新路径；认知负荷的指标体系提醒教师要注重学生学习中的心理投资成本效益；认知负荷的测量给教师提供了检验教与学质量与效益的工具。教学不是一成不变的，但教学总的指导思想是最有利于学生对教学内容的认知加工，教学应该最大限度地减少学生因对教学组织的认知加工而引发的外在认知负荷，最大限度地扩大学生的关联认知负荷与元认知负荷。

认知负荷理论为教师的教学改革提供了新的视角。很多教师都想进行教学改革，但总觉得无从下手，常常抱怨不知道要改什么，主要原因就是认识不到教学中的问题，只好套用经验，因循守旧。认知负荷理论的研究成果揭示了很多传统教学存在的问题，特别是干扰教学效率的问题，这就是要改革的对象。认知负荷理论的大量研究证实，传统教学中一些沿用的原则、方法、观念与认识已经过时，必然要被新的理念所取代。

多媒体教学、超媒体教学乃至远程教学与学习是科技发展的时代特征，是教育中的新生事物。如何看待这些新生事物、新的教学形式有什么特征、有哪些规律、与传统教学有什么区别等问题，是每个教师必须要澄清的。认知负荷理论就多媒体教学、超媒体教学、远程学习、网络学习等新教与学形式进行了大量实验研究，例如通道效应、信息传送通道的负荷、信息呈现与表征的方式等，都有数据支撑的结论。这些研究成果为教师认识新教学形式提供了理论依据和认知平台。

二、认知负荷与教学内容改革

教学内容是教师对教材内容精心筛选、组织、补充和完善的结果，现行的教材所规定的课程标准给教师组织教学内容留下了很大空间，教什么内容、什么时候教、怎样去教等诸多问题需要教师来定夺。不是说有了教材、课程标准教师就没有权利进行教学内容改革了，同样的原理可以组织不同的内容来教授。认知负荷理论证实的多个学习效应表明，在基于问题学习专业术语（problem-based learning，PBL）中，问题解决是最终目标，但在问题解决中传统的问题形式会导致高水平的认知负荷从而干扰学习，而自由目标、问题完成等形式的问题就能使外在认知负荷减少，从而令学生更加专注于信息内容的认知加工。Van Merriënboer 和 Sweller（2005）总结了多个心理学家的研究成果，列表说明了认知负荷所研究的学习效应以及为何能减少外在认知负荷（表 8-2），这对我们的教学内容改革具有十分重要的启示意义。

表 8-2　认知负荷的学习效应和减少外在认知负荷的方法

效应	说明	外在认知负荷
自由—目标效应	用能为学习者提供一个特定目标的自由—目标问题来代替传统问题	减少由当前问题状态到目标状态以及缩小有问题状态到目标状态差异所引发的外在认知负荷；使学习者把注意力集中在问题状态和有效操作上
样例效应	精心设计让学习者必须认知学习的样例来取代传统问题	减少因使用不良方法解决问题所引发的外在认知负荷；使学习者把注意力集中在问题状态和有效解决问题的步骤上
问题完成效应	通过提供部分答案让学习者必须完成问题解决来取代传统问题	由于提供了部分答案而减小了问题空间的规模从而减少外在认知负荷；使学习者的注意力集中在问题状态和有效解决问题的步骤上
分割注意效应	用单—综合的信息源来取代多重信息源（经常是插图伴随课文）	因没有必要对信息源进行心理综合故能减少外在认知负荷

效应	说明	外在认知负荷
通道效应	用口语解释的课文加视觉信息源（多重模式）来取代书面解释课文加另一个视觉信息源（单一模式），诸如图表	因运用工作记忆的视觉与听觉两种加工进行多重模式呈现而减少外在认知负荷
冗余效应	用一种信息源来代替多重信息源	减少由于对多余信息的不必要加工而引发的外在认知负荷

三、认知负荷与教学组织方法改革

认知负荷理论及其研究展示最多的是有关教学组织方式、信息呈现方式以及教学方法策略的成果。国内外尤其是西方认知负荷理论的心理学家们把主要精力集中在对不同教学组织、不同信息呈现与表征方式和不同教学方法与策略对比实验研究上，进而探索出教学组织形式与教学方法和策略所引发的认知负荷及其对教与学影响的规律。认知负荷的类型划分也表明教学内容和教学组织形式是产生认知负荷的重要因素，这就要求我们应该依据认知负荷研究的成果来取舍教学内容。传统教学的一些组织形式与方法策略会引发高水平的外在认知负荷，这是不利于学生学习的，是需要加以改进的。

认知负荷理论不但为教学组织方式与教学方法的改革提供了理论支撑，而且提供了明晰框架。在表 8-2 中 Merriënboer 和 Sweller 列举了在教学中减少外在认知负荷促进学习的一系列方式方法，对比了传统教学和现代教学组织方式与教学策略的异同，提出现代教学中的一系列效应引发了教学新组织形式变革与教学改革的实施。自由—目标效应（goal-free effect）使学生明确特定目标，促使学生由问题状态向目标状态过渡，能够使学生专注于问题解决的实际操作，更有利于问题的解决，能够减少外在认知负荷，促进学生的学习；样例效应（worked example effect）通过精心设计样例，使学生减少因不良解决问题的方法而产生的外在认知负荷，把注意力放在问题状态和解决问题的步骤上；问题完成效应（completion problem effect）通过给学生提供部分答案让学生解决剩余问题，使问题空间缩小也能减少外在认知负荷。这些效应实际上说明了减少干扰学习的外在认知负荷的新教学组织方式，成功的教学组织是使学生花费最小的心理努力来加工教学组织，把主要精力放在教学内容上；而失败的教学组织恰恰相反，把应该集中在教学内容上的精力放在了教学组织方式上。

分割注意效应（split attention effect）通过把多重信息源综合成为一个信息源来减少外在认知负荷；通道效应（modality effect）通过为学生呈现视觉与听觉的双重信息来调用学生的视听双重工作记忆来减少外在认知负荷；冗余效应（redundancy effect）通过缩小信息源让学生避免不必要的信息加工来减少外在认知负荷。赵俊峰和张弘毅于2010 年通过中学生学习英语的实验得知，图文同时呈现时被试在阅读过程中的认知负荷低于图文继时呈现时，阅读成绩高于图文继时呈现时。这些效应实际上说明了教学组织中要运用恰当的方式方法来呈现教学内容的知识信息，避免由于不良的呈现方式而导致高水平的外在认知负荷。特别是在已经普及了多媒体教学的今天，探索多媒体教学下学生的认知负荷状况，改进多媒体教学，对促进学生的学习是十分有意义的。

认知负荷的效应对教学组织与方法的改革进行了大胆探索，各种效应都指向了减少干扰学习的外在认知负荷，提升学生的学习效率，这也是现代教学设计的宗旨。

第四节　认知负荷与教材改革

内在认知负荷主要是由学习材料本身引起的，材料的性质与难度和多寡直接决定着内在认知负荷。在日常课堂教学中，因为教学内容是较统一的，所以教师对教学内容的取舍是有限度的，学生对学习内容的取舍自由就更少了，因而很多研究者对内在认知负荷的研究有意无意地加以回避，这样就很难为教材改革提供参考价值。借助于计算机科学的发展，可以分析特定学习内容所包含的信息要素以及这些要素间的千丝万缕的交互作用，这就为内在认知负荷的研究扫除了障碍。可详细分析什么样的学习内容有多少信息要素、信息要素间有多少交互作用，从而衡量出所造成的内在认知负荷程度，也能为教学教材的编写提供理论依据。

一、认知负荷与教材难度的改革

2001 年 6 月，教育部《基础教育课程改革纲要（试行）》正式颁布，就"课程内容改革"方面指出：要"改变课程内容'难、繁、偏、旧'和过于注重书本知识的现状，加强课程内容与学生生活以及现代社会和科技发展的联系，关注学生的学习兴趣和经验，精选终身学习必备的基础知识和技能"。新课改之前的教材内容难度过高是一个突出问题，所以改变过"难"成为新课改的当务之急。新课改实施后，我国的课程标准要求与世界发达国家相比还是偏难。

教材内容的编选一要遵循课程内容的科学规律与逻辑，二要遵循学生心理发展水平和已有知识经验，三要遵循教育教学规律。教材内容过难必然导致学生学业负担加重，认知负荷水平过高，也会超过学生的心理发展水平，导致学生接受不了。张桂春（2000）指出，造成我国小学生课业负担重的一个重要原因，就是学科教学大纲对教学内容及教学要求的不尽合理，或者说超过了我国现阶段教育能力及大多数儿童身心发展的成熟程度。

教材难度是造成内在认知负荷的主要因素之一，它是由教材内容的深度和复杂性所决定的。教材内容的深度有绝对深度和相对深度之分，绝对深度是由学科内容的抽象程度、深奥程度、厚度所决定的，相对深度是由学生已有知识水平与现有内容的距离所决定的。现有内容越是远离学生已有知识水平，难度就越高，理解起来就越难。教材内容的复杂程度主要取决于教材内容所包含信息元素的交互作用，信息元素交互作用越多，其复杂程度就越高，内容就显得越难。

基于认知负荷理论的观点，教材改革的重点是要降低其难度，以便减轻学生的学业负担，减少内在认知负荷，提高学生学习效率。为此应注意：一是降低学科内容的深奥程度，用更通俗易懂的语言来表述教材内容，便于学生的信息提取与加工，不能用专家的语言理解来推测学生能否理解其内容，教材内容也不可能包罗一个学科的所有内容，教材应指向学科的基本原理、原则、概念等知识；二是尽量减少教材内容所包含信息的交互作用，我们既强调知识的前后联系、融会贯通，便于学生发生学习的正迁移，又不能使内容无限发散，既要有条理性，也要减少单元内容信息元素的多重交互作用；三是以学生心理发展水平和已有知识结构为依据来编选教材内容，不能脱离学生的实际，各教育阶段、各年级的教材都要考虑教育对象的现有心理发展水平和知识水平以及学生能达到的水平，这也是贯彻心理学中"最近发展区"原理的体现。

二、认知负荷与教材内容分量的改革

教育部《基础教育课程改革纲要（试行）》指出新课改的第二个指向目标是改变原有教材的"繁"，这也是教材突出的一个问题，主要反映在教材内容过多上。新课改的课程标准虽然力求改变原有教材的"繁"，并且大有改观、卓有成效，但从教材内容会分量指标上看，新课改的不少课程标准不但没有减少教材内容，反而增加了不少内容，比原有教材的内容更多。

认知负荷理论认为，过多的教材内容会引发较高的内在认知负荷，占用更多的认知资源，让学生花费更多的心理努力，不但学得很累，而且学习效率低下，学习的自我效能感降低。刘茜（2005）针对高中新课程改革指出，目前存在不同学科之间缺少沟通、跨学科间的知识不衔接（如物理中遇到了三角函数的单调性，可数学还没有学到等）、有的学科在内容编排上不太合理等问题。

按照认知负荷理论，针对教材内容过多的问题，在教材内容量上应注意：一是减少教材内容所包含的信息元素，教材不是学科体系，不能涵盖学科发展的所有内容，教材内容不能大而全，要精简内容；二是把基本教材内容所包括的小的信息元素合并成为大的信息单元，认真组织教材内容，减少信息来源的分散程度。辛自强和林崇德（2002）研究指出，教学材料的组织形式应该有助于减少对学生注意的要求，减少因信息来源的分散而进行的不必要的心理整合。这样可以节省学生的认知资源，扩大信息加工容量；三是教材内容量的设计要依据学生的认知发展水平，不同教育阶段、不同年级的教育对象，其认知发展水平不同，超过学生认知发展水平所能接受的限制，必然导致认知超负荷。

三、认知负荷与教材插图的改革

教材中的插图是教材的重要组成部分，它对学生理解教材内容起辅助作用，同时增加了教材的形象性、趣味性、直观性和生动性，能吸引学生使其产生浓厚的学习动机。教材插图主要有三种类型：一是描述性插图，是指形象化地为描绘课文中某一个单独语词而设计和安排的插图；二是解释性插图，是指用来表征课文内容的抽象性及各知识点的连贯性而设计和安排的插图；三是装饰性插图，是指与文章的内容无关，只是为了吸引学生注意力、激发学生阅读兴趣和动机而设计和安排的插图。

各国教材都很注重教材插图的设计与运用，在基础教育阶段，年级越低，使用的教材插图就相对较多。学生在学习过程中也会加工教材的插图，从中提取信息，所以也会引发认知负荷，因此要精心设计与安排教材的插图。现行教材中的插图存在不少问题，这是因为很多人认为插图是次要的，甚至是无关紧要的，这种错误认识导致教材中的插图在设计与安排上不尽合理，不利于学生从中提取信息，不但没有充分发挥插图促进学习的作用，有时甚至会起反作用，造成高认知负荷，从而干扰学生的认知加工。

赵俊峰和张弘毅于 2010 年对现行湘版初中 1～3 年级英语教材中的插图进行了研究，按装饰性插图、描述性插图和解释性插图三种类型进行统计，结果如表 8-3 所示。

表 8-3　初中英语教科书中插图数量的分类统计表

	解释性插图/幅	描述性插图/幅	装饰性插图/幅	总计/幅
初一	304	528	846	1678
初二	179	402	815	1396
初三	88	308	567	963
总计	571	1238	2228	4037

由表 8-3 可看出，现行湘版初中 1～3 年级英语教材的插图中，装饰性插图占了初中英语教材插图总量的 55%，描述性插图占 31%，而解释性插图仅占插图总量的 14%。当然，理科类教材的插图与文科类教材的插图在类型上可能有很大的差异。

由此可见，教材中的插图还有很多需要完善的地方，那些干扰学生学习的插图必须加以纠正，教材插图急需进行改革与完善。根据认知负荷理论，在教材插图设计与安排上应该注意以下几点：

第一，根据内容特点设计插图类型，减少装饰性插图。

插图也能引发学生的认知负荷从而影响学习，插图的设计要考虑学生的认知负荷水平。赵俊峰和张弘毅于 2010 年对初中生学习英语进行的实验表明，解释性插图组被试在阅读中的认知负荷最低，被试在阅读不同插图类型文章时所付出的心理努力由少到多分别为：解释性插图、描述性插图、无插图、装饰性插图；在阅读成绩方面被试在阅读配有装饰性插图文章时成绩最低，在阅读解释性插图文章时成绩最高。由此可见，不同类型的插图功效不一样，对学生学习的促进作用也不相同。教材插图不能仅仅是为了好看，也不是为了防止文本过于单调而装饰教材，应该多设计解释性插图和描述性插图，尽量减少装饰性插图。

第二，教材插图要直观形象，避免过于花哨。

教材插图对学生理解教材内容起着辅助支撑（scarfoding）作用，插图设计应该简单明了，便于学生提取信息，减少心理投入水平，降低认知负荷。过于花哨的教材插图，主干信息不明了，学生认知加工时提取信息困难，况且这样的插图还会分散学生的注意力，产生分割注意效应（split-attention effect），从而降低学习效率。

第三，教材插图应注意图文临近，防止图文分离。

图文临近使得插图信息与文本信息紧密衔接，便于学生的认知加工，使插图信息直接指向教材文本信息，发挥插图的最大支撑作用。有些教材中的插图图文分离很严重，插图远离文本信息，不但增加了信息提取的难度，发挥不了支撑文本信息的理解作用，而且导致学生在文本信息与插图信息之间频频回顾，寻找二者之间的联系，这恰恰会导致注意分割效应。赵俊峰和张弘毅于 2010 年对初中生学习英语进行的实验表明，图文同时呈现时被试在阅读过程中的认知负荷低于图文继时呈现时，其阅读成绩高于图文继时呈现时。

四、认知负荷与教材样例的改革

样例在教材内容中是经常出现的，但怎样设计与安排样例是一个值得深思的问题。现行教材中的样例也需要修正与完善。

如前所述，认知负荷理论及其研究成果揭示了许多样例学习效应，这些效应有积极的，也有消极的。针对教材中样例所导致的效应来改革与修正样例，特别是对那些导致消极效应的样例应该立即加以修正，也是教材改革的任务之一。

首先，多设计基于过程的样例。

现行教材中有相当多的样例是基于结果的，一是设计方便，而且看起来好像直接指向目标状态，便于学生的问题解决（problem solving），但基于结果的样例学习效果不如基于过程的样例。赵俊峰和丁艳云于 2009 年对初中生学习进行的实验表明，不论近迁移还是远迁移，基于过程的样例学习成绩都优于基于结果的样例学习成绩。

其次，选择恰当的样例呈现时机。

样例在教材中的什么时候出现？在哪里出现？关于样例呈现的时机要考虑两方面因素：一是样例与教材主导内容不能脱节，样例不能远离主导内容，促使样例发挥对学生学习与知识建构的支架作用。二是衡量学生对知识的掌握程度，在特定内容学习的初始阶段样例的支架作用最为显著，当学生较熟练地掌握了特定知识后再出现先前知识的样例，必然会产生样例的消极效应，如分割注意效应、熟练逆转效应和冗余效应。

最后，样例要有一定的难度。

不少人认为，样例就是解释说明教材内容的，应该通俗易懂，不需要花费学生很多心理努力，认为例子就是要好懂。样例富含很多信息才能对学生的知识建构起到支架作用，过于简单的样例包含信息不充分，仅仅是为了举例而举例，对学生的学习尤其是迁移不能充分发挥作用。赵俊峰和丁艳云于 2009 年对初中生学习进行的实验证明，对于高分组被试而言，学习较难的样例材料后的远迁移成绩显著高于学习较易的样例材料后的远迁移成绩；低分组被试差异不显著；样例材料难易度对近迁移效果影响不明显。迁移是检验教学质量的重要指标，在西方甚至提出了一个响亮的口号，"为迁移而教"，教学就是要学生发生正迁移，通过迁移促使学生学会学习（learning to learn）。远迁移是迁移的最终目的，也是最有价值的迁移。因此，教材样例的设计要有一定的难度才能促使学生发生更好的远迁移。

参 考 文 献

曹宝龙，刘慧娟，林崇德.2005.认知负荷对小学生工作记忆资源分配策略的影响.
　心理发展与教育，1：36-42

常欣，王沛.2005.认知负荷理论在教学设计中的应用及其启示.心理科学，
　28（5）：1115-1119

陈德珍.1999.中小学课业负担状况调查与分析.南宁：广西教育出版社

陈满琪.2004.样例学习研究述评.福建师范大学学报（哲学社会科学版），3：
　145-148

陈新文，周志艳.2001.关于"减负"的新思维.教育实践与研究，10：2-4

丁艳云.2009.不同样例对初中生代数中问题解决迁移的影响.河南大学硕士学位
　论文

冯喜英.2001.用系统论的观点看"减负".教育探索，120（6）：43-44

高如峰.1998.欧盟国家基础教育学年课时安排的比较研究.外国教育研究，5：
　27-31

龚德英.2006.多媒体学习中增加相关认知负荷影响学生学习的实验研究.西南师
　范大学硕士论文

郭本禹.2003.当代心理学的新进展.济南：山东教育出版社

郭兆明.2006.数学高级认知图式获得方式的比较研究.西南大学博士论文

韩婷婷.2010.不同认知形式与判断形式对元理解监测准确性的影响.河南大学硕
　士学位论文

贺太纲，郑崇勋.1997.精神负荷评估方法的评述与展望.大自然探索，16（2）：
　45-49

胡美山.2001."重负"探源与"减负"方略.教育探索，117（3）：13-14

金一鸣.2000.教育社会学.南京：江苏教育出版社

兰婷，张作岭.2003.日本中小学生"减负"的启示.现代教育科学，5：43-44

李梅.2009.记忆策略的元记忆训练对初中生文言文记忆成绩的影响.河南大学硕
　士学位论文

李晓文，王莹.2000.教学策略.北京：高等教育出版社

李志厚 . 2004. 学习理论与新课程学习理念研究 . 广州：广东教育出版社

林崇德 . 1999. 学习与发展 . 北京：北京师范大学出版社

刘正 . 1997. 改革应试教育是一场深刻的革命 . 新华文摘，227（11）：159-162

刘茜 . 2005. 高中新课程实施中出现的七个问题 . 当代教育科学，1：64

娄立志 . 1999a. 关于学生学业负担：20 世纪世界教育改革的启示 . 教育理论与实践，19（5）：27-30

娄立志 . 1999b. 关于学生学业负担的理性思考 . 教育理论与实践，19（9）：21-26

吕英 . 2008. 文章标记和呈现方式对中学生阅读中认知负荷的影响 . 河南大学硕士学位论文

莫雷，邹艳春，金素萍 . 2000. 材料模式与认知负荷对小学生类比学习的影响 . 心理科学，23（4）：385-389

彭聃龄 . 2001. 普通心理学 . 北京：北京师范大学出版社

上官子木 . 2004. 创造力危机 . 上海：华东师范大学出版社

沈又红 . 2001. 关于"减负"问题的哲学思考 . 教育实践与研究，5：3-5

沈玉顺 . 2000. 中小学生学业负担过重问题的评价学分析 . 教育理论与实践，20（6）：28-31

施良方 . 1994. 学习论 . 北京：人民教育出版社

施铁如 . 2002. 学业负担模型与"减负对策" . 教育导刊，2：42-45

宋善文 . 2001. 正确处理与"减负"相关的几个关系 . 教育探索，118（4）：29-30

孙天威 . 2003. 从心理负荷研究的视角反思学生学习的减负 . 现代中小学教育，1：43-44

孙天威，曲正伟 . 2002. "减负"应注意"差异性负担" . 中小学管理，7：34-35

谭顶良 . 1999. 学习风格论 . 南京：江苏教育出版社

陶能祥 . 2004. 学生学业负担过重问题的社会深层原因分析 . 邵阳学院学报（社会科学版），3（5）：123-126

尉立萍，Pu T，Jin 等 . 2002. 认知负荷理论在英语教学中的应用 . 内蒙古农业大学学报（社会科学版），4（2）：34-37

温忠麟，候杰泰，马什赫伯特 . 2004. 结构方程模型：拟合指数与卡方准则 . 心理学报，36（2）：186-194

肖建彬 . 2001. 学习负担：涵义、类型及合理性原理 . 教育研究，5：53-56

辛自强，林崇德．2002．认知负荷与认知技能和图式获得的关系及其教学意义．华东师范大学学报（教育科学版），20（4）：55-60

邢强，莫雷．2003．样例和问题的联结方式对迁移作用的实验研究．应用心理学，9（3）：31-35

邢强，莫雷，朱新明．2003．样例学习研究的发展及问题．心理科学进展，11（2）：165-170

徐德雄．1997．高中数学学业负担的调查与对策．中学数学教学参考，3：6-8

许杰．2003．新基础教育价值取向与减负．辽宁师范大学学报（社会科学版），26（5）：39-42

许晓丽，方立．2001．多媒体网络教学中的心理学问题．锦州师范学院学报（自然科学版），22（3）：44-46

许永勤，朱新明．2000．关于样例学习中样例设计的若干研究．心理学动态，8（2）：45-49

许远理．2002．听讲或接受学习过程中存在的一些问题——一种来自认知负荷的观点．雁北师范学院学报，18（3）：4-6

许远理，李亦菲，朱新明．1998．评价问题难度的一种新方法——认知负荷测量模型．心理学动态，6（2）：6-10

杨雄．1996．上海中小学生学业负担现状．青年研究，12：10-15

杨秀治，刘宝存．2002．中小学生学习负担的国际比较．上海教育科研，4：58-61

叶浩生．1998．西方心理学的历史与体系．北京：人民教育出版社

阴国恩，李勇．2004．学习负担的压力理论与对策．天津教育，10：14-18

应昆龙，董玲玲．2003．实现增效减负的策略研究．教学与管理，11：6-7

张春莉．1999．减轻学生课业负担——一种认知负荷观．教育理论与实践，19（7）：54-57

张大钧．2004．教育心理学．北京：人民教育出版社

张锋，邓成琼，沈模卫．2004．中学生学业负担态度量表的编制．心理科学，27（2）：449-452

张桂春．2000．关于我国小学生学业负担过重问题的独特审视．教育科学，3：13-16

张弘毅．2010．插图类型与呈现方式对不同认知风格初中生认知负荷的影响．河南

大学硕士学位论文

张厚粲．2001．大学心理学．北京：北京师范大学出版社

张义泉，许远理．1997．认知负荷测量模型简介．信阳师范学院学报（哲学社会科学版），17（4）：59-62

张智君．1994．追踪作业、监控作业心理负荷评估技术的敏感性及多维评估研究．杭州大学博士论文

张智君，朱祖祥．1995．心理负荷多维主观评定的实验研究．人类工效学，1（2）：4-7

赵俊峰．2009．贯彻经济学原则，全面提高课堂教与学的效能．河南教育（基教版），7-8：372-373

郑欢欢．2008．超文本和背景音乐对多媒体学习的影响．河南大学硕士学位论文

郑逸农，徐须实．2000．高中生"减负增效"对策的研究与实验．教育科学，2：12-15

朱镜德，朱晓青．2002．中小学学生减负与"囚徒困境博弈"论．教育科学，18（4）：11-13

朱晓斌．2001．学生写作的认知负荷研究．华南师范大学博士论文

邹艳春．2001．试论现代认知负荷结构理论对减负的启示．现代教育论丛，5：27-29

Ackerman P L, Kanfer R. 2009. Test length and cognitive fatigue：an expirical examination of effect on performance and test-taker reactions. Journal of Experimental Psychology：Applied，15（2）：163-181

Andersson G，Hagman J，Talianzadeh R et al. 2002. Effect of cognitive load on postural control. Brain Research Bulletin，58（1）：135-139

Ayres P C. 2001. Systematic mathematical errors and cognitive load. Contemporary Educational Psychology，26（2）：227-248

Ayres P C. 2006. Impact of reducing intrisinc cognitive load on learning in a mathematical domain. Applied Cognitive Psychology，20：287-298

Baddeley A D. 1986. Working memory. Oxford：Clarendon Press

Baddeley A D. 1992. Working memory. Science，255：556-559

Baddeley A D，Hitch G. 1974. Working memory. In：Bower H. The Psychology of

Learning and Motivation Vol. 8. New York: Academic Press, 47-90

Baddeley A D. 1986. Working memory. Oxford: Clarendo Press

Baddeley A D. 2003. Working memory: looking back and looking forward. Nature Reviews Neuroscience, 4 (10): 829-839

Bannert M. 2002. Managing cognitive load-recent trends in cognitive load theory. Learning and Instruction, 129 (1): 139-146

Baranski J V. 2007. Fatigue, sleep loss, and confidence in judgment. Journal of Experimental Psychology: Applied, 13 (4): 182-196

Beishuizen J, Stowjesdijk E, Van Putten K. 1994. Studying textbooks: effects of learning styles, study task, and instruction. Learning and Instruction, 4: 151-174

Broadbent D E. 1958. Perception and Communication. London: Pergamon Press

Bruce J M, Bruce A S, Arnett P A. 2010. Response variability is associatedwith self-reported cognitive fatigue in multiple sclerosis. Neuropsychology, 24 (1): 77-83

Brunken R, Plass J L, Leutner D. 2003. Direct measurement of cognitive load in multimedia learning. Educational Psychologist, 38 (1): 53-61

Brunken R, Plass J L, Leutner D. 2004. Assessment of cognitive load in multimedia learning with dual-task methodology: auditory load and modality effects. Instructional Science, 32 (1): 115-132

Cano G F, Hughes E H. 2000. Learning and thinking styles: an analysis of their interrelationship and influence on academic achievement. Educational Psychology, 20 (4): 413-430

Chandler P, Sweller J. 1992. The split-attention effect as a factor in the design of instruction. British Journal of Educational Psychology, 62: 233-246

Cherubinia P, Mazzocco A. 2004. From models to rules: mechanization of reasoning as a way to cope with cognitive overloading in combinatorial problem. Acta Psychologica, 116 (3): 223-243

Clapper J P. 2007. Prior knowledge and correlational structure in unsupervised learning. Canadian Journal of Experimental Psychology, 61 (2): 109-127

Connell J P, Wellborn J G. 1991. Competence, autonomy, and relatedness: a motivational analysis of self-system processes In: Gunnar M R, Sroufe L A. Self processes in Development: Minnesota Symposium on Child Psychology. Chicago: University of Chicago Press. 23: 43-77

Deleeuw R E, Mayer R E. 2008. A comparison of three measures of cognitive load: evidence for separable measures of intrinsic, extraneous, and germane load. Journal of Educational Psychology, 100 (1): 223-234

Entwistle N. 1983. Styles of Learning and Teaching. London: John Wiley & Sons Ltd

Feldon D F. 2007. Cognitive load and classroom teaching: the double-edged sword of automaticity. Educational Psychologist, 42 (3): 123-137

Fink A, Neubauer A C. 2001. Speed of information processing, psychometric intelligence: and time estimation as an index of cognitive load. Personality and Individual Differences, 30 (6): 1009-1021

Gerjets P, Scheiter K. 2003. Goal configurations and processing strategies as moderators between instructional design and cognitive load: evidence from hypertext-based instruction. Educational Psychologist, 38 (1): 34-41

Gerjets P, Scheiter K, Catrambone R. 2004. Designing instructional examples to reduce intrinsic cognitive load: molar versus modular presentation of solution procedures. Instructional Science, 32 (1): 33-58

Gimino E A. 2001. Factors that influence students' investment of mental effort in academic tasks: a validation and exploratory study. Humanitics and Social Sciences, 62 (6-A): 2027

Heffler B. 2001. Individual learning style and the learning style inventory. Educational Studies, 27 (3): 307-316

Hester R, Garavan H. 2005. Working memory and executive function: the influence of content and load on the control of attention. Memory and Cognition, 33 (20): 221-233

Honey P, Mumford A. 1992. The Manual of Learning Styles. Maidenhead: Peter Honey

Honey P, Mumford A. 1995. Using Your Learning Styles. Peter Honey

Kalyuga S, Ayres P, Chandler P et al. 2003. The expertise reversal effect. Educational Psychologist, 38 (1): 23-31

Kalyuga S, Chandler P, Sweller J. 2001. Learner experience and efficiency of instructional guidance. Educational Psychology, 21: 5-23

Kirschner P A. 2002. Cognitive load theory: implications of cognitive load theory on the design of learning. Learning and Instruction, 12: 1-10

Kolb D. 1999. Learning style inventory. London: Hay McBer Training Resources Group

Marcus N, Coomper M, Sweller J. 1996. Understanding instructions. Journal of Educational Psychology, 88: 49-63

Mayer R E, Moreno R. 2003. Nine ways to reduce cognitive load in multimedia learning. Educational Psychologist, 38 (1): 43-52

Miller G A. 1956. The magic number seven plus or minus two: some limits on our capacity for processing information. Psychological Review, 63: 81-97

Miserandino M. 1996. Children who do well in school: individual differences in perceived competence and autonomy in above-average children. Journal of Educational Psychology, 88: 203-214

Moreno R, Valdez A. 2005. Cognitive load and learning effects of having students organize pictures and words in multimedia environments: the role of student interactivity and feedback. Educational Technology, 53 (3): 35-45

Moreno R. 2004. Decreasing cognitive load for novice students: effects of explanatory versus corrective feedback in discovery-based multimedia. Instructional Science, 32 (1): 99-113

Morrison G R, Anglin G J. 2005. Reaearch on cognitive load theory: application to e-learning. Educational Technology, Research and Development, 53 (3): 94-104

Mousavi S Y, Low R, Sweller J. 1995. Reducing cognitive load by mixing auditory and visual presentation modes. Journal of Educational Psychology, 87: 319-334

Muller C, Grobmann-Hutter B, Jameson A et al. 2001. Recognizing time pressure and cognitive load on the basis of speech: an experimental study. Proceedings of the Eighth International Conference. Berlin: Springe

Paas F, Van Merriënboer J J G. 1994a. Instructional control of cognitive load in the training of complex cognitive tasks. Educational Psychology Review, 6: 51-71

Paas F, Van Merriënboer J J G. 1994b. Variability of work load examples and transfer of geometrical problem solving skills: a cognitive load approach. Journal of Educational Psychology, 6: 51-71

Paas F, Kester L. 2006. Leraner and information characteristics in the design of powerful learning environments. Applied Cognitive Psychology, 20: 281-285

Paas F, Renkl A, Sweller J. 2003. Cognitive load theory and instructional design: recent developments. Educational Psychologist, 38 (1): 1-4

Paas F, Renkl A, Sweller J. 2004. Cognitive load theory: instructional implications of the interaction between information structures and cognitive architecture. Instructional Science, 32: 1-8

Paas F, Tuovinen J, Van Merriënboer J J G et al. 2005. A motivational perspective on the relation between mental effort and performance: optimizing learner involvement in instruction. Educational Technology Research and development, 53 (3): 25-34

Paas F, Tuovinen J E, Tabbers H et al. 2003. Cognitive load measurement as a means to advance cognitive load theory. Educational Psychologist, 38 (1): 63-71

Quiroga L M, Crosby M E, Iding M K. 2004. Reducing cognitive load. Proceedings of the 37th Hawaii International Conference on System Science

Renkl A, Atkinson R K. 2003. Structuring the transition from example study to problem solving in cognitive load perspective. Educational Psychologist, 38 (1): 15-22

Renkl A, Atkinson R, Grobe C S. 2004. How fading worked solution steps worksacognitive load perspective. Instructional Science, 32 (1): 59-82

Renkl A, Hilbert T, Schworm S. 2009. Example-based learning in heuristic domains: a cognitive load theory account. Educational Psychology Review, 21: 67-78

Rikers P M J P, Van Gerven P W M, Schmidt H G. 2004. Cognitive load theory as a tool for expertise development. Instructional Science, 32: 173-182

Rittle-Johnson B, Star J R, Durkin K. 2009. The importance of prior knowledge when comparing examples: influences on conceptual and procedural knowledge of equation solving. Journal of Educational Psychology, 101 (4): 836-852

Saada-Robert M. 1999. Effective means for learning to manage cognitive load in second grade school writing: a case study. Learning and Instruction, 9 (2): 189-208

Schnotz W, Rasch T. 2005. Enabling, facilitating, and inhibiting effects of animation in multimedia learning: why reduction of cognitive load can have negative results on learning. Educational Technology, Research and Development, 53 (3): 47-58

Skinner E A. 1991. Development and perceived control: a dynamic model of action in context. *In*: Gunnar M R, Sroufe L A. Minnesota Symposium on Child Development . Vol. XXIII. Hillsdale, NJ: Erlbaum, 167-216

Stark R, Mandl H, Gruber H et al. 2002. Condition and effects of example elaboration. Learning and Instruction, 12: 39-60

Stuyven E, Van der Goten K, Vandierendonck A et al. 2000. The effect of cognitive load on saccadic eye movements. Acta Psychologica, 104 (1): 69-85

Sweller J. 1988. Cognitive load during problem solving: effects on learning. Cognitive Science, 12: 257-285

Sweller J. 1994. Cognitive load theory, learning difficulty, and instructional design. Learning and Instruction, 4: 295-312

Sweller J, Chandler P. 1994. Why some materials is difficult to learn. Cognition and Instrction, 12 : 185-233

Sweller J, Van Merriënboer J G, Pass F. 1998. Cognitive architecture and instructional design. Educational Psychology Review, 10: 251-296

Tabbers H K, Martens P L, Van Merriënboer J J G. 2004. Multimedia instruction and cognitive load theory: effects of modality and cuing. British Journal of Educational Psychology, 74 (1): 71-81

Treisman A M. 1964. Verbal cues, language, and meaning in selective attention. American Journal of Psychology, 77 : 206-291

Valcke M. 2002. Cognitive load: updating the theory. Learning and Instruction, 12: 147-154

Van Bruggen J M, Kirschner P A, Jochems W. 2002. External representation of argumentation in CSCL and the management of cognitive load. Learning and Instruction, 12 (1): 121-138

Van Gerven P W M, Paas F G W C, Van Merriënboer J J G et al. 2002. Cognitive load theory and aging: effects of worked examples on training efficiency. Learning and Instruction, 12 (1): 87-105

Van Merriënboer J J G, Schuurman J G, de Croock et al. 2002. Redirecting learners' attention during training: effects on cognitive load, tranfer test performance and training efficiency. Learning and Instruction, 12: 11-37

Van Merriënboer J J G, Kirschner P A, Kester L. 2003. Taking the load off a learner's mind: instructional design for complex learning. Educational Psychologist, 38 (1): 5-13

Van Merriënboer J J G, Sweller J. 2005. Cognitive load theory and complex learning: recent developments and future directions. Educational Psychology Review, 17 (2): 147-177

Van Merriënboer J J G, Kester L, Pass F. 2006. Teaching complex rather than simple tasks: balancing intrinsic and germane load to enhance transfer of learning. Applied Cognitive Psychology, 20: 343-352

Van Zwanenberg N, Wilkinson L J, Anderson A. 2000. Felder and silverman's index of learning styles and honey and mumford's learning styles questionnaire: how do they compare and do they predict academic performance. Educational Psychology, 20 (3): 365-380

Wallen E, Plass J L, Brunken R. 2005. The function of annotations in the comprehension of scientific texts: cognitive load effects and the impact of verbal ability. Educational Technology, 53 (3): 59-72

Yeung A S, Jin P, Sweller J. 1998. Cognitive load and learner expertise: split-attention and redundancy effects in reading with explanatory notes. Contemporary Educational Psychology, 23 (1): 1-21

附录 1 访谈（学生）提纲

编号：

个人信息资料：

学校：	年龄：	性别：	年级：

班级：

访谈问题：

1. 对你个人来讲，你认为目前的学习内容是多还是少？

2. 你认为哪些科目容易学习？为什么？

3. 你认为哪些科目难学？为什么？

4. 对你个人而言，你哪科目学习成绩最好？主要原因是什么？

5. 对你个人而言，你哪科目学习成绩最差？主要原因是什么？

6. 你最喜欢哪些科目？为什么？

7. 你最讨厌哪些科目？为什么？

8. 你在学习中感到累不累？为什么？如果有，你在学习中感到累的体验是什么？

9. 你在哪些科目上花费的努力最多？你是如何在这些科目上花费努力的？

10. 你在哪些科目上花费的努力最少？你是如何在这些科目上花费努力的？

11. 你每天用于课外学习与作业的时间大约是多少？

12. 你认为学习过程中会投入哪些心理成分？

13. 你认为学习过程中都有哪些方面的内容会吸引你的注意力？

14. 学习中你会注意老师的教学方式及你的学习方式吗？注意哪些方面？

15. 学习中你会注意自己的心理加工过程吗？（如感知、理解、记忆、思考等）你是如何注意的？

附录 2　访谈（教师）提纲

编号：

个人信息资料：

学校：　　　　　性别：　　　年龄：　　　　教龄：

所教学科：　　　所教年级：

访谈问题：

1. 您是如何看待您所教年级学生学习负担的轻重的？

2. 您认为目前的教学（学习）内容量对好、中、差学生的适合程度
   如何？

3. 您认为学业量少的学生有何表现？

4. 您认为学业量多的学生有何表现？

5. 您认为学生在学习过程中要投入哪些心理资源（心理内容）？

6. 您认为学生在学习过程中哪些心理资源消耗最为严重？

7. 您个人认为哪一科目学生花费的努力最多？

8. 您个人认为学生在学习中用脑的情况如何？（用脑过度、适中还是
   偏轻？）

9. 您认为学习中用脑过度学生会有哪些表现？

10. 您认为学生在学习过程中大脑要加工哪些内容？（心理会分配在
    哪些方面？）

非常感谢您对我们研究的支持！

访谈用时：　　　　　　　　　　　记录员：

附录3 学习情况调查问卷

基本信息情况：			
教育阶段： ①初中 ②高中	年龄： 周岁		年级：
性别：①男 ②女		来源：①城市 ②农村	
是否独生子女：①是 ②否			编号：

亲爱的同学：

　　你好！我们正在进行一个有关中学生学习情况的调查研究，希望通过调查来了解学习心理的规律，同时也为你提供一个了解与反思自己学习的机会。问卷结果仅供科学研究使用，我们采用不记名问卷形式，不会给你带来任何不良影响，请你根据你的实际情况回答。答案无所谓对错，不涉及对你学习的评定，在回答每一个问题时请不要停留太长时间，凭自己的感觉回答即可。

　　谢谢你参与我们的研究。

问卷1 学习因素调查（部分样例）

　　亲爱的同学，请根据每句话与你的符合程度在题前的括号里填入最符合你自己情况的数字，"①"代表"非常不符合"，"②"代表"不符合"，"③"代表"比较不符合"，"④"代表"比较符合"，"⑤"代表"符合"，"⑥"代表"非常符合"。谢谢！

①非常不符合　　②不符合　　③比较不符合

④比较符合　　⑤符合　　⑥非常符合

（　　）1. 我们学习的知识很复杂。

（　　）2. 我们学习的知识非常零碎。

（　　）4. 我常反思自己的学习过程。

（　　）7. 老师在讲课时语言表达逻辑性很强。

（　　）8. 我经常想办法将所学知识加以运用和熟练。

问卷2　学习投入调查（部分样例）

亲爱的同学，请根据每句话与你的符合程度在题前的括号里填入最符合你自己情况的数字，"①"代表"非常不符合"，"②"代表"不符合"，"③"代表"比较不符合"，"④"代表"比较符合"，"⑤"代表"符合"，"⑥"代表"非常符合"。谢谢！

①非常不符合　　　②不符合　　　③比较不符合

④比较符合　　　⑤符合　　　⑥非常符合

（　　）5. 我在课堂听讲上投入的精力很多。

（　　）6. 在把注意力集中到学习上我投入的精力很多。

（　　）7. 我常努力培养和利用学习中的成就感，使之激励自己的学习。

（　　）8. 我在复习上花费的时间很多。

（　　）9. 我在对学习内容的深度思考上投入的精力很多。

（　　）12. 我在对知识的理解上花费的时间很多。

（　　）15. 我常会想尽各种办法来克服学习中的紧张心理。

（　　）16. 我在记忆、巩固所学知识上花费的时间很多。

（　　）18. 我在对相近知识进行异同辨析上投入的时间很多。

（　　）19. 我常会想尽各种办法来克服学习中的恐惧害怕心理。

（　　）20. 我在回忆所学过的知识方面花费的时间很多。

（　　）23. 我常会想方设法来调整自己学习中的后悔、内疚心理。

（　　）30. 在学习中我常想办法使自己的情绪保持平和，避免有大的波动。

（　　）31. 我常努力想法消除学习中的挫败感。

（　　）35. 学习过程中我的学习激情很高。

问卷3　学习情况自评问卷（部分样例）

亲爱的同学，下面是一个对你自己在某些学习活动上投入心理努力的自评问卷。我们在这里调查的不是你在今后学习投入方面努力的决心和愿望，而是调查你在过去和目前学习中实际投入努力的情况，从很低到很高共有七个等级，分别用①、②、③、④、⑤、⑥、⑦代表。请你选择一个在投入努力的程度上最符合你自己情况的数字填入题前的括号内，"①"代表"很低"，"②"代表"较低"，"③"代表"稍低"，"④"代表"中等"，"⑤"代表"稍高"，"⑥"代表"较高"，"⑦"代表"很高"，如图所示。本问卷答案不涉及对你学习的评定，无所谓对错，请在回答每一个问题时不要停留太长时间，凭自己的感觉回答即可。本问卷结果仅供科学研究使用，我们采用不记名问卷形式，你在本问卷上的回答情况我们不会向你的老师和学校进行反馈，不会给你带来任何不良影响，请根据你的实际情况回答。

谢谢你的合作！

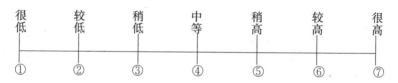

（　　）1. 我在预习上投入的心理努力程度。

（　　）2. 我在听课上投入的心理努力程度。

（　　）3. 我在完成课堂作业（上交作业本）上投入的心理努力程度。

（　　）4. 我在课外阅读上投入的心理努力程度。

（　　）5. 我在复习上投入的心理努力程度。

后　记

　　多年来我常深入教育实践一线进行调研与心理辅导，看到学生在重负下孜孜不倦地学习，深深地感动着我；学生加班加点地拼命钻研令我同情；学生"苦学"、"死学"令我担忧；学生在低效率下痛苦地挣扎令我自惭。我的梦想是用心理学的专业知识帮助学生实现健康快乐高效率的学习，这也是我的专业使命。

　　如何学得更省劲一些？高效率学习是要讲成本分析的，学生在学习中都投入了哪些成本？这些成本的"收益"如何？这是本书所要探讨的问题之一。

　　学生，尤其是基础教育阶段的学生学业负担重是一个不争的事实，不少学者从不同的学科视角对学生的学业负担进行了多维度探讨，但大都偏重质性描述，缺乏对学业负担的量化分析。学生的学业负担究竟是什么？程度有多严重？对学习会产生什么影响？这是本书所要探讨的第二个问题。

澳大利亚心理学家 Sweller（1988）提出的认知负荷理论（cognitive load theory，CLT）为解读学习过程及学业负担提供了一个崭新视角。学习过程的核心是对信息的认知加工，学习过程中的各种认知活动均需消耗认知资源，若所有活动所需要的认知资源总量超过了个体所具有的认知资源总量，则存在认知资源分配不足的问题，出现超负荷现象。学生的学业负担实质上就是认知负荷，学业负担重就是认知负荷过重。所以可以根据认知负荷理论及其研究成果来解读学习过程及其负担的实质，用认知负荷测量来衡量学业负担的程度，进行量化分析，用认知负荷理论来审视教育与学习问题。认知负荷的研究为教学设计和学习设计提供了理论支撑，为高效率学习奠定了基础也为教学改革、教材改革带来了十分有益的启示。

本书是我长期思索与研究的结果，其理论建构与定量测量是我以博士论文为基础修改的，其余部分的理论思考和实证研究是我近几年研究的积累。在此我要特别感谢我的导师申继亮教授。申老师有谦谦儒学大师之风，不但学问做得扎实、思维敏锐，辩证逻辑思维犀利，看问题有独特的视角，而且他正直、严谨的治学之风，务实、创新的学术追求，为人踏实、不计名利的品行，为后学树立了典范。同时衷心感谢李永鑫博士，他给予了我很多建设性意见。感谢我的学生崔冠宇等，为我提供了很多技术帮助，做了不少基础性工作。在书中我也引用了我与我的研究生一起做的实证研究成果，在此一并感谢。

我要特别感谢我的父母，他们对我的学业非常理解与支持。感谢我妻子苏会芝多年来承担所有家务工作、教养女儿，使我免除了后顾之忧，能专心于研究。感谢岳父、岳母为我及我家辛勤操劳，他们无微不至的关心与奉献令我感动不已。

衷心感谢科学出版社的领导和付艳编辑等工作人员的辛勤劳动，使本书早日付梓并为它增光添色。

书中参考引用了大量国内外学者同仁的研究成果，在此谨向这些作者表达谢意。由于笔者学识有限，书中难免会有疏漏不当之处，敬请学界同仁和广大读者批评指正。

赵俊峰

2011 年 3 月于开封